如何写动作冒险片

Writing the Action-Adventure Film
The Moment of Truth

by Neill D. Hicks　［英］尼尔·D. 克思 著

陈晓云 翻译策划　缪贝 译　余韬 校译

北京时代华文书局

推荐语

动作冒险片剧作的每一点都是关于角色、故事和戏剧的,就像它是关于动作和暴力的——这就是为什么尼尔的书如此重要,并且很快就会成为所有类型编剧的圣经的原因。

——克里斯托弗·魏纳,《在互联网上写剧本》作者,"编剧乌托邦"网站创始人

克思不仅用案例来展示动作冒险片可以是充满才智和精心编写的,而且用坚实的剖析和案例来分析。任何对动作冒险片的优秀剧本和优秀电影感兴趣的人都会喜欢这本书。

——塞布尔·亚克,《剧本》期刊编辑

《如何写动作冒险片》是一部富有挑战性的、充满才智的书,它敢于将剧本写作作为文学和文化表达的有效形式。总之,克思把对动作冒险片的历史和文化基础的广泛探索打包成一本薄薄的册子,探讨了为什么动作冒险片是唯一最受欢迎、最持久、

最可输出的电影类型。

——达夫妮·沙雷特，《剑与玫瑰》作者，
"剧作家"网站主席

一旦这本书被好莱坞专业人士和崇拜者阅读和消化，我期待着能在电影院里看到一些非常精彩的动作冒险片。尼尔·D.克思是一位真正的专业人士。他启迪人心。他非常了解这个主题。他揭开了这个过程的神秘面纱。

——多尼·纳尔逊，编剧职业策略师

梦想写出下一部《黑客帝国》《角斗士》《宇宙追缉令》或《间谍游戏》吗？尼尔显然对动作冒险片类型了如指掌。我高度推荐这本书！

——埃里克·里尔，出版商，
《编剧絮语》期刊与网络主编

目 录

推荐语 ··· 1
序一 动作冒险片——一种编剧方法 ············ 6
序二 从欧洲视角看动作冒险片 ·················· 9

第一章　为何而写 ···································· 1

第二章　类型期待 ···································· 7

第三章　动作冒险片的基础 ························ 29
　　　　"我就是我" ································ 33

第四章　动作冒险片的起源 ························ 37
　　关键时刻 ··· 44
　　男人要做男人该做的事 ······················· 44
　　经典西部片情节 ································ 46
　　那个戴面罩的人是谁？ ······················· 47
　　那是你的不幸，与我无关 ···················· 49

牛仔升级，神话改变 50
　　无所畏惧——职业英雄 53
　　难道这就是里科的下场吗？ 58
　　老鼠、手枪、机枪 62
　　挑起纷争的话语 63
　　写作练习 65

第五章　动作冒险片的结构 67
　　作战顺序 78
　　叙事轨迹 99
　　写作练习 107

第六章　动作冒险片中的动作 109
　　将要发生什么事？——作为决定的动作 110
　　无事发生——动作的消解 112
　　理应发生的事情——没有动作的冲突 113
　　发生某事——作为行动的动作 114
　　将要发生某事——作为情节的动作 115
　　上帝创造的事——大吉尼奥尔剧的动作 119
　　正在发生的事情——作为动作特效剧的动作 120
　　我们如何知道事情正在发生？——剧本中的动作 ... 122
　　写作练习 125

第七章　动作冒险片中的人物 127
　　戴白色帽子的伙计 128
　　动作冒险片的主人公 129
　　驾驭它，就像它是属于你的一样！ 137
　　动作冒险片的反派 138
　　写作练习 144

第八章　动作冒险片中的历险 145
　　电影不是一种视觉媒介 146
　　可信赖体系 147
　　动作冒险片的可信赖体系 150
　　暴力与结果 153

附录一　重要术语 159
附录二　参考影片 162
附录三　参考影片剧本版权说明 172
关于作者 174
出版后记 176

序一
动作冒险片——一种编剧方法

在电影方面,动作冒险片是美国最伟大的出口产品。谢天谢地。其他文化背景的观众正是通过好莱坞出品的这类电影初识美国的文化和价值观。身为有兴趣创作该类型电影的编剧,你会想知道如何造就一个完整的令人满足和击节称赞的动作冒险故事,以及如何避免现在动作类故事的常见问题。

创作一个好的动作冒险故事不能简单地依靠电脑动画特效、爆炸场面和毫无理由的暴力,而是要创造出让观众感到满足的真诚而又完整的故事。这不仅事关风格,更是实质内容的呈现。

通过研究这一类型中的佳作,你可能会意外地发现仅仅用"紧张刺激"一词来定义动作冒险类故事是远远不够的。此类影片可以提供不同层面的戏剧形态和主题风格,影迷的期待也会反过来影响剧本内容的选择。

很多时候,编剧没能做到在情感和道德层面上调动观众。而作为观众的我们难道不应该关心故事的主人公吗?我们应该主动走进编剧所构建的文字世界。

在 1995 年的《创意编剧》(Creative Screenwriting)期刊上，我第一次读到克思的作品，那是一篇题为《动作冒险片的潜在道德》("The Underlying Morality of Action—Adventure Films")的文章，现在看来，它显然是克思写作这本书的背后原因。克思在那篇文章中写道：

> 不论电影是否反映出一种十九世纪末式的道德，事实仍然是，如果想写一个情理之中、意料之外的故事，让观众收获完整且满意的观影体验的话，编剧就必须为片中角色建立一个信念体系。

克思继续说道，作为编剧应该始终保持"对故事主旨的关注，而不（仅仅）是对个别场面兴奋不已"。急功近利的编剧往往只见树木，不见森林。当你过于专注动作段落时，整体剧情的戏剧性展开就会被习惯性地忘掉。和其他类型的剧本写作一样，动作冒险故事的编剧也需要创造一个故事。作为人类，我们的生命中总有一些关键时刻或顿悟的瞬间，故事里的角色也应当如此。观众需要感受到动作冒险故事里主人公的痛苦、悲伤和悔恨。主人公和我们一样是有瑕疵的。他们或许会被来自母星的氪星石[①]伤害，但却能虎口脱险，死里逃生——这就是他们能吸引观众的原因。

在观看斯蒂芬·E. 德索萨编剧的《虎胆龙威》(Die Hard)

---

① 氪星石出自《超人》(Superman)系列电影，这种物质会对超人造成伤害。——译注

时，我们担心主人公约翰·麦卡伦的安危，因为整栋楼遍布着想取他性命的坏人。但最关键的一点是，我们和他心连着心，他唤起了我们的同情。在影片最重要的一场戏中，麦卡伦身处卫生间，满身是伤，头破血流，情况对他十分不利。就在这个最虚弱的时刻，他和大楼外巡逻车里的鲍威尔警官通了话，请鲍威尔转告自己对妻子的歉意，说自己不是一个好丈夫，"遇上她，是我这个混蛋一生中发生的最美好的事"。如果你仔细观看这部影片就会发现，它讲述的其实是一个男人想赢回妻子芳心的爱情故事。

在动作冒险片的剧本写作中，人物、故事和戏剧性的设置与动作和暴力的展现有着同等的地位。这就是为什么克思的这本著作十分重要，而且，在不久的将来，它就会成为各类型创作编剧们手中的圣经。

克里斯托弗·魏纳
"编剧乌托邦"网站创始人

序二
从欧洲视角看动作冒险片

正如克思在本书中所提出的那样，动作冒险片是大多数欧洲观众和电影人较为陌生的电影类型，我们与此类电影相对缺少知识或经验上的联系。不仅因为欧洲电影制作的预算更少，也因为我们对"动作"一词的认识非常有限。虽然我们看到银幕上的动作场面时肯定知道它是动作，但对于大多数欧洲人来说，这些事件离我们的生活实在太过遥远。在欧洲人的心目中，美国电影中的"动作"，几乎是"持枪"和"飞车"的同义词。枪械和汽车在美国十分常见，但对战后的欧洲来说却很稀罕。在欧洲许多国家，人们需要获得特许才能买车，这种情况一直持续到20世纪60年代中期。无怪乎欧洲人会认为美国动作片的主题在社会意义上对电影艺术进行了亵渎和歪曲。

"你应该更深入地挖掘你的角色，让他们更有深度，更有性格。"欧洲编剧常常会从政府运作的电影投资部门财务主管那里听到这句话，这在西欧各国都很常见。这句话的意思是：你绝不能写一些会让人误以为这是一部无意义的美国动作片的东西。主人公独自站在开阔的旷野之中深沉地凝视，或者为了找回失踪的孩子与法国立法机构抗衡，这些动作与你在剧本中写出有意义的话相比，都是次要的。政府拨出的少量电影资金必须投给有意义的电影——它必须能引领国家的文化价值，抵制威胁民族认同根基的美国流行文化的入侵。因此，政府的资金都投资给了那些符合一系列潜在规则的影片，即拥有重大政治和社会意义的电影。没人指望这种电影赚钱。这关乎的是文化和民族认同，而不是金钱。这种做法的危险之处在于，我们是在用文化的托词来拒绝所谓的"美国式"电影的制作方式。

今天的欧洲电影人对动作片的印象，是通过他们在周日下午观看的那些二十世纪五六十年代的老片获得的。对于他们来说，动作在某种程度上可以等同于冒险，但冒险却不等于动作。当欧洲人说起美国电影时，从来不会用"冒险"这个词来描述一个有表现力的故事。于是，许多欧洲电影人都认为制作一部美国式的电影只需要在电影中加入大量的动作场面，就像中国人在电影中大胆地设计花哨的武打动作一样。于是动作成了故事本身，它们不负责提供任何动机。

在欧洲，孤独的冒险者这个概念显然有些遥远。欧洲人不是不相信孤独的反叛者存在，而是觉得他的存在有些奇怪。如果结果已定，为什么还要强出头呢？就算你赢了也不会有人支持你。在欧洲，仅凭一己之力是不可能有所改变的。问题必须通过立法才能解决。为了其他人的利益而冒险不是我们的所作所为，这对我们来说没有意义。

现在让我们回到美国和欧洲在电影制作上的差异。由于我们认为美国电影的重点只在于动作，而不在于英雄行为背后的高尚动机，所以我们就判定这些电影并没有太多价值。当我们制作欧洲电影时，往往贬低"动作"而强调"行为"，这正是我们把动作看成毫无价值的事物的结果。

欧洲导演没有能力制作出一部动作冒险片吗？浏览一下好莱坞的历史就会发现事实并非如此。欧洲导演已经对美国电影行业造成了深远的影响。很多顶尖的美国电影都是由欧洲人导演的。这难道还不足以证明是欧洲的电影制作环境自身赶走了欧洲导演们吗？

我认为欧洲人对美国电影的看法完全是一种误解，动作电影并非只有肤浅的大场面，它也要追求人物的深层动机。

实际上，动作冒险片的构成远非那么简单，这一类型甚至可以涵盖电影史一百多年来所制作的大部分影片。动作冒险是故事的终极存在，不管是在过去、现在还是将来，它都是讲故事的基础。或许欧洲人只是忘记了这种讲故事的方式，而一心追求社会学上的重要性，把自己弄昏了头。或许我们应该再次围着篝火，重新开始述说关于骑士和少女的永恒传奇，把故事放入身披金光闪闪的盔甲的时代，或是穿着锡箔制作的太空服的空间中去。

我们必须重新捡起这一故事的基本形式，或者说，回到我们出发的起点。动作冒险故事本身并不起源于好莱坞，也不属于任何特定的国家。在这本书中，克思指出，基本的动作冒险故事形式其实为个人解读留下了充足的空间。这个电影类型全球都可通用，它的核心还是在于讲好故事。或许这就是这本书的主要影响所在——本书的内容比你以为的要多得多。它也使我相信,我们完全可以制作出属于欧洲的动作冒险电影。

阿蒙德·列

挪威导演、编剧、剪辑师

第一章

为何而写

本书不谈任何神奇的法则。目前市面上有一些指南，鼓吹"革命性的""简明十步无痛剧作法"。这种夸张的修辞，即使19世纪的专利药品推销员听了也会觉得害臊。这种填空式的写作体系严重忽视了剧本写作中存在的难以捉摸之处，本书不玩这一套，而是率先对这方面进行一系列的思考。本书不仅在谈如何写作，更重要的是讨论为何而写。

我的前作《编剧的核心技巧》(*Screenwriting 101: The Essential Craft of Feature Flim Writing*，已由后浪出版公司出版）获得了国际性成功，它不仅受到编剧的喜爱，也为电影行业高管们所追捧。这表明，尽管在电影业里，产品的商业价值多是由夸张的营销而非产品本身决定的，但建立一套框架性的操作明细还是有其市场的。

《千钧一刻》(*15 Minutes*，2001） 这是一部带有大量暴力、粗话和性描写的R级（限制级）喜剧动作片。在这部精彩的动作悬疑惊险片中，一名精神病患者犯下一桩残忍的谋杀案，警探对此展开调查。

制片方往往通过天花乱坠的宣传来扭转影片的风评,这种情况在奥斯卡颁奖季最为明显。制片公司花大钱为他们的影片做宣传,不仅在像《好莱坞报道》(*Hollywood Reporter*)、《综艺》(*Variety*)这类纸媒上狂轰滥炸地刊登广告,还向评委分发他精心制作的电影物料。制片公司搞出这种"好莱坞狂欢派对"的目的是,不管评委们是否真的看过他们出品的电影,起码要让评委热衷于讨论它们。当然,大制片厂的宣发部门也会做这种工作,而且规模更大。他们希望营造出一种不得不看的公众意识,使观众被集体性狂热感染,从而喜欢上某部影片。有些制片厂甚至在影片的宣传简介上伪造影评,这种做法已经受到了抨击。目前已有多达十起针对影评人的集体诉讼——这些人收受制片厂好处,用他们的花言巧语将公众骗进了影院。

与此相反的情况是,在一些非主流的报刊或公众电台里总会不断涌现出一些自封的"影评人"。他们对好莱坞电影非常不耐烦,而是狂热崇拜着20世纪60年代"导演即作者"那一套。但是,由于缺乏扎实的理论素养来完成有洞见的分析,他们为所珍爱的体制外的导演和演员所进行的辩护也是言过其实、人云亦云的。

另外一个问题是,现在大专院校里的电影专业非常强调视觉技术的教学,却不重视文学方面的教育,几乎完全无视影史中该媒介的文学性。结果绝大多数影视专业学生毕业时基本的批评能力都非常薄弱,看完电影就只会说"我喜欢这部片子,节奏很棒……"之类的话，而对于那些在自己接触摄影机或键盘之前的时代诞生的佳片却几乎一无所知。

因此，我的这一系列书试图减少因提笔匆忙而导致的草率判断，修正制片厂和影评人都用错的电影标签，以及那些公众和编剧自己都被搞糊涂了的华而不实的吹嘘。做这一系列书的目的是提供一套帮助我们披荆斩棘、开拓道路的工具，好让所有的电影制作团队成员能通力合作，创造出更加引人入胜的观影体验。

当然，对任何一种创造性工作进行理论分析都会导致一些固有的问题，因为这些理论假设很容易被误解为死板的教条。探讨类型片创作的书，其意图绝不是提供某种剧作法则——把写作简化成一种可预测的流程简直就是扯淡。而且，任何一种"傻瓜式编剧法则"，潜台词都是"观众的反应可以被精准预判"，尽管编剧、制片人、制片厂高管、投资人和影院经理都无比渴求这样一剂万能秘方，但没办法——世界上就是没有这种东西。

不过，没有万能秘方并不意味着就写不出杰出的剧本。剧本自身就是一个精巧的谜团。它们看似诞生自编剧的灵光一现，但实际上，在错综复杂的概念得以显露之前，编剧需要不停地试探、挖掘、刺穿这一戈耳迪之结[①]，破译这些不可思议的谜团背后的隐秘规则。专业的剧本写作不是信笔拈来、随手涂鸦，而是

[①] 传说中，戈耳迪是小亚细亚佛律基亚的国王，他向宙斯进献马车，用绳索将车轭与车辕紧紧地系在一起，这个复杂的结几百年都无人能解开。"戈耳迪之结"（Gordian Knot）意为难解之题。——译注

有节制的灵魂流露。编剧不断地钻研这些隐秘的脉络和牢固的结点，让谜团变成完美无瑕的影像，激发读者的心灵。

写作这种事情，不就是铅笔和诸如此类的东西么。
如果你问我怎么看，我觉得它被高估了。
——A.A. 米尔恩，《小熊维尼》作者

阅读本书时，请准备一支铅笔。

如果你已经对动作冒险片有了一些想法，不妨把它记在页面边缘的空白处。如果你暂时还没想到什么点子，也不要紧。快速写作练习会贯穿全书，有助于日复一日地对理论进行实践，或许还能激发出可以成为一部动作冒险片设定的创意。

在任何情况下都要牢牢记住，你不需要马上孕育出一个完美的电影剧本。写作是过程而非产品。你的想象就好比是一块优质的大理石，只有持续雕琢才能成为美丽的雕像。

如果你不同意这本书的观点，完全可以记下想法来反驳我，提出你自己的见解——但前提是你得读完这本书。

一旦你读完它，就不会再相信那些有关动作冒险片的肤浅描述了。

[第二章]

类型期待

时间，避免了事件的同时发生；空间，让你置身事外。

"类型"（genre）这个词源自拉丁语"genus"。在古法语里，它的意思是"种类"（kind）。英语用"genre"来区分艺术作品的类别，标注出作品鲜明的风格、形式或内容。类型的概念在过去通常仅限于描述诸如 B 级恐怖片、周末剧或 20 世纪 40 年代的侦探类黑色电影。近些年来，类型的含义已经超越了原本仅用于 B 级片的范畴，开始囊括所有电影。因此，我们可以说一部电影属于动作 – 悬疑 – 爱情 – 喜剧类型。当然，出现这种语言大杂烩的原因是，对于类型的划分并没有一个普遍的标准。不过，观众会基于自己的观影经验，而对特定类型电影需要满足的环境因素产生心理预期。为了让观众不再警惕地专注于日常现实，并愿意暂时放下他们对虚构世界的天生戒心，**可信赖体系**（Cosmos of Credibility）、**叙事轨迹**（Narrative Trajectory）、**有限世界**（Bounded World）、**真实时间**（Plausible Moment）[①] 和**人物气质**

[①] 在作者的另一本书《如何写惊悚片》中，这一概念被表述为"时间观"（Timescape）。本书已由后浪出版公司出版。——编注

（Character Ethos）需要被构建，而编剧正是构建这些的关键人物。正因如此，即便没有所谓的金科玉律，也仍有可能对类型加以区分。

银幕故事类型关联表（第 11 页）在《编剧的核心技巧》一书中已经介绍过。亚粒子物理学的研究表明，活跃的粒子并非真正待在某个固定的位置上，而是处于接近这个位置的趋势中。一旦我们去识别那些被认为在某处的粒子的实际位置时，它们就已经消失了。分析类型的叙事方式和观察这些小粒子一样困难，因为似乎有许许多多的例子可以用来诠释某个类型，但我们同样会发现有更多同类电影用这种模版是说不通的。不过，银幕故事类型关联表就和物理学家的回旋加速器一样，可以长久地定格一张类型元素的静帧画面以供我们研究。

银幕故事类型关联表的出现，不是为了像工业模具一样把电影压制成完全雷同的产品。因此，表格的各栏之间不存在死板的界限，你可以把它想象成一种柔软的有弹性的模版。就好比细胞与细胞之间都由可渗透的薄膜相连，而某些元素可以穿透薄膜，从一种类型转移到另一种类型。这种关联表可能不会对任何电影都百分百有效，但总的来说，它可以帮助编剧和制片人辨别出那些可以作为衡量标准的元素，并用它们来评估影片是否满足观众的期待。

类型并没有在世界范围内形成一个公认的标准和定义，所以也很难说什么样的或者哪种电影构成了某一类型。男女之爱可以用来定义有关"爱"的故事吗？那么，还有很多以"爱"为主题的电影讲述的既不是男女之爱也不是同性之爱。《雨人》(*Rain Man*)就是一部关于兄弟之爱的电影。科幻片算是一种类型吗？这取决于如何运用这个定义。《星球大战》(*Star Wars*)、《异形》(*Alien*)、《异形2》(*Aliens*)，甚至《第六感》(*The Sixth Sense*)都可以被称为科幻片，因为它们的故事发生的场所，与我们日常生活相疏离，但是这些电影之间也存在着根本性的差异。《异形》满足了类型关联表中所有惊悚类型的构成条件，而《异形2》和《星球大战》则显然是动作冒险类型故事。银幕故事类型表试图通过电影的潜在元素而非即刻能分辨的表面特质来划分电影。显然，某个类型会与其近似类型，甚至是不太有关联的类型一起共享它的某些元素。不过，如果我们承认对类型的考察是有益的话，那就必需找到一些在某种程度上必须的类型划分条件。

银幕故事类型关联表

增加个人的危难,也就等于增加在社会上的重要性

充实地生活着的意愿	内心的痛苦	诸多欧洲电影;英格玛·伯格曼的早期影片。
	核心冲突	《普通人》《母女情深》《温柔的怜悯》《钢木兰》《马文的房间》等。
	滑稽喜剧	《摩登时代》《将军号》《育婴奇谭》《一笼傻鸟》《尽善尽美》等。
	童话故事	《风月俏佳人》《钢琴课》《心灵捕手》《泰坦尼克号》《红磨坊》等。
	个人探索	《死囚漫步》《机智问答》《肖申克的救赎》等。
存活下去的意愿	侦探	《七宗罪》《马耳他之鹰》《唐人街》《非常嫌疑犯》《沉默的羔羊》等。
	恐怖	《吵闹鬼》《科学怪人》《惊情四百年》《黑色星期五》《月光光心慌慌》等。
	惊悚	《西北偏北》《秃鹰七十二小时》《异形》《悍将奇兵》等。
死亡的意愿	动作冒险	《勇敢的心》《角斗士》《星球大战》《纳瓦隆大炮》《拯救大兵瑞恩》等。
	形而上的反抗	《罪与错》《莫扎特传》等。

你所忽视的往往正是你所拥有的。

银幕故事类型关联表

✓ "内心的痛苦"类型　　如诸多欧洲影片；英格玛·伯格曼的早期影片。

☐ 叙事轨迹：这类故事通过对真实存在的或想象的罪恶进行救赎，人物完成自我启示。事件主要集中于人物内心，因此外部情节薄弱。故事的叙事轨迹和主人公一样飘忽不定，观众很难预期故事的结局。

☐ 有限世界：因为故事往往是静态的，它通常发生在一个封闭空间或小地方，陷入内心困境的主人公被困在那里。

☐ 真实时间：这类故事的持续时间非常短，但它强烈地展示了人物一生的痛苦。

☐ 人物气质：人物具有存在主义的属性，被自我怀疑所折磨。

- ✓ **"核心冲突"类型** 如：《普通人》(*Ordinary People*)、《母女情深》(*Terms of Endearment*)、《温柔的怜悯》(*Tender Mercies*)、《钢木兰》(*Steel Magnolias*)、《马文的房间》(*Marvin's Room*)。

- ☐ **叙事轨迹**：通常，关系疏离的家庭成员们被迫卷入一场敏感的情感事件（比如葬礼），借此机会揭开并治疗旧伤疤。

- ☐ **有限世界**：人物聚集在一个不能逃离的封闭场所中，逼仄的空间迫使他们不得不处理彼此之间的争执。这些表现人物生活矛盾冲突的电影往往借鉴自传统的舞台戏剧，故事一般发生在单一空间，有时仅为一个房间。

- ☐ **真实时间**：冲突的强度往往持续一小段时间，比如一个星期或两三天，因为紧张情绪是陡然爆发的，需要人物迅速地处理矛盾冲突。

- ☐ **人物气质**：这些人物可能是电影中最脆弱、最易受伤和维度最丰富的，并且也是最具有人性的，因为他们的冲突和普通观众所经历过的挣扎最为相似。

- ✓ **"滑稽喜剧"类型**　　如《摩登时代》(*Modern Times*)、《将军号》(*The General*)、《育婴奇谭*(Bringing Up Baby*)、《一笼傻鸟》(*La Cage Aux Folles*)、《窈窕淑男》(*Tootsie*)、《尽善尽美》(*As Good as it Gets*)。

- ☐ **叙事轨迹**：滑稽喜剧的观照对象是行为像孩童般的成年人。这一类型常被错误地归纳为"人物因缺乏理性而干出一些蠢事"。其实，这类故事里的人物只是被一个没见识过的、令人眼花缭乱的、迷幻般的世界吓坏了。

- ☐ **有限世界**：喜剧电影的世界就像一块巨大的香蕉皮，充满着震惊和夸张，到处都是机灵的事物和不靠谱的人。

- ☐ **真实时间**：由于这种故事太过夸张，观众知道喜剧中的非现实世界不会永远存在，因而故事时间也是强烈而短暂的。

- ☐ **人物气质**：喜剧的人物是电影中最虚无的人。他们可以逃离电影所设定的喧闹世界中的一切。不过在观众看来，他们仍要为自己所做的事负道德责任。

第二章 类型期待

> ✓ **"童话故事"类型**　如《风月俏佳人》(*Pretty Woman*)、《钢琴课》(*The Piano*)、《理智与情感》(*Sense and Sensibility*)、《心灵捕手》(*Good Will Hunting*)、《泰坦尼克号》(*Titanic*)。
>
> ☐ 叙事轨迹：童话故事中的主人公屈从于更有地位的人物，如固守传统的家长，但他们必须从这种情感束缚中解脱出来。
>
> ☐ 有限世界：故事发生的实际空间和主人公的情感与精神世界一样备受约束，如正在沉没的船、野外的小村庄或荒凉的岛屿。
>
> ☐ 真实时间：故事的时间往往由人物掌控，因为人物需要决定是否要为自己而活。
>
> ☐ 人物气质：童话故事中的人物层次相对单一，属于象征性人物，黑白分明。

- ✓ **"个人探索"类型**　　如《机智问答》(*Quiz Show*)、《烈火战车》(*Chariots of Fire*)、《死囚漫步》(*Dead Man Walking*)、《肖申克的救赎》(*The Shawshank Redemption*)。

- ❏ **叙事轨迹**：由于一个亟待解决的道德危机，主人公必须马上采取行动来明确或达成某种个人品质，如正直、诚实。

- ❏ **有限世界**：故事一般发生在受限的场所内，如监狱或医院；也可能发生在凭主人公一己之力无法掌控的地方，如军队、运动队或企业。

- ❏ **真实时间**：主人公可能需要花上几个星期或几个月的时间来完成他的个人探索，最后总会有一个终极大事件考验主人公的品质。

- ❏ **人物气质**：这类人物在相对道德和绝对道德之间挣扎，以确定诚实善良的价值。

- ✓ **"侦探"类型**　　如《唐人街》(*Chinatown*)、《马耳他之鹰》(*The Maltese Falcon*)、《非常嫌疑犯》(*The Usual Suspects*)、《七宗罪》(*Se7en*)、《沉默的羔羊》(*The Silence of the Lambs*)。

- ☐ 叙事轨迹：在文明的背面，侦探试图使已经病入膏肓的社会重获安宁。

- ☐ 有限世界：警探或民间侦探在一座衰败、阴暗、满地狼藉的都市里巡查。

- ☐ 真实时间：故事的时间模糊不清，既不是白天也不是晚上，就像醉汉眼中的世界一样朦胧暧昧。

- ☐ 人物气质：侦探善于思考，在世界的阴暗面中追寻事物的真相，属于智慧型而非动作型人物。

- ✓ **"恐怖"类型**　　如《科学怪人》(*Frankenstein*)、《惊情四百年》(*Dracula*)、《黑色星期五》(*Friday the 13th*)、《月光光心慌慌》(*Halloween*)、《吵闹鬼》(*Poltergeist*)、《天外魔花》(*Invasion of the Body Snatchers*)。

- ☐ **叙事轨迹**：超自然怪物压倒性地制服了人类受害者。为了生存，人类必须找到怪物的弱点。

- ☐ **有限世界**：恐怖故事发生在一个得不到任何外界援助的地方，那是一个扭曲的世界，布满了密道和未知的壁龛。

- ☐ **真实时间**：因为故事情境必须保持孤立，因此激烈的行动所持续的时间非常短，通常是二十四小时，甚至更短。

- ☐ **人物气质**：人物是极为脆弱但却足智多谋的普通人，在与凶残的魔鬼战斗时，他代表着人类精神最美好的一面。

- ✓ "惊悚"类型　　如《秃鹰七十二小时》(*Three Days of the Condor*)、《西北偏北》(*North by Northwest*)、《异形》(*Alien*)、《悍将奇兵》(*Breakdown*)、《双面女郎》(*Single White Female*)。

- ❏ 叙事轨迹：观众对主人公的求生欲产生强烈共情，从而认识到深藏在自己心中的恐惧。

- ❏ 有限世界：主人公被困在孤立无援的环境中，这种环境是观众内心对被遗弃的恐惧的具象延伸。

- ❏ 真实时间：为了保证故事的可信度，得不到外界援助的绝对孤立状态需要一个短暂且紧张的时间线。

- ❏ 人物气质：无辜的主人公被卷入一个越来越大的阴谋之中，并且发现只有依靠自己才能活下来，他需要在邪恶势力造成更大的破坏之前将其揭发。

- ✓ **"动作冒险"类型**　如所有的西部片、战争片和警匪片；《勇敢的心》(*Braveheart*)、《星球大战》(*Star wars*)、《独立日》(*Independence Day*)、《纳瓦隆大炮》(*The Guns of Navarone*)、《空中监狱》(*Con Air*)、《拯救大兵瑞恩》(*Saving Private Ryan*)。

- ☐ **叙事轨迹**：主人公自愿接受一项不可能的任务，他需要从敌方围攻中拯救社会，并且愿意为了一种社会公认的荣耀献出生命。

- ☐ **有限世界**：故事发生的环境是开放的，便于动作场面的展开，并且超出观众的日常体验。

- ☐ **真实时间**：通常需要花上几个星期、几个月，甚至几年时间才能建立这种一触即发的战势格局，必须采取果断行动来打破这种格局。

- ☐ **人物气质**：主人公在紧要关头愿意为某种信条、准则、社会和价值牺牲自我，他将与道德立场截然不同的反派决一死战。

- ✓ **"形而上的反抗"类型**　　如《罪与错》(Crimes and Misdemeanors)、《莫扎特传》(Amadeus)。

- ☐ **叙事轨迹**：主人公通过挑战捉弄人的万能的主的权威获得名声与不朽灵魂。

- ☐ **有限世界**：在充斥着名利陷阱的复杂场景中，人物达到上帝一般的境界。

- ☐ **真实时间**：主人公逐渐认识到他的挣扎是对神的反抗。

- ☐ **人物气质**：人物充满智慧，成就斐然，但不曾经受道德考验，他们是为自己的观念而向不合理、不公正的上帝发起斗争。

一个巧妙的谎言抵得过一千句真话。

各种类型故事中鲜明的人物和主题，只要经过一段时间的演绎，就会成为观众所期望的类型特征。通过辨别和甄选这些特征，观众可以找到他们认为能带来情绪满足和心智启迪的影片。换言之，我们看自己喜欢的电影，同时也希望观看的电影能让我们喜欢。

当然，没人会乐意老是看同一部或同一类型的电影。不过，如果你喜欢看侦探故事，那么在观赏侦探片时你一定会期待看到某些特定的元素，同时你也一定会拒绝一些事情的出现。如果一个纽约警探异想天开地决定丢下手头的谋杀案，去娶一个马戏团的小丑，然后搬家到巴西，或者变态杀人狂实际上是一个愤世嫉俗的线人，这种故事一定会让你大失所望。

这些例子可能显得荒唐可笑，但是事实上它的发生率比你想象的要高得多，很多时候正是因为对潜在的类型惯例缺乏关注，才使得电影的故事结构出现致命缺陷。

例如，电影《凶手就在门外》（*Copycat*）中，西戈尼·韦弗扮演了一名研究连环杀人犯的犯罪心理分析师，但是她患有广场恐惧症，不敢离开自己的家门。正如你所设想的，连环杀手通过她与外界的唯一联系——她的电脑——对她进行威胁恐吓。到目前为止，这还算是一个不错的惊悚片开头，和奥黛丽·赫本演绎的一个盲女在她的公寓中被歹徒威胁的《盲女惊魂记》（*Wait Until Dark*）类似。然而，《凶手就在门外》这部电影并没有严格遵循惊悚片的限制，而是增加了霍利·亨特扮演的警察追踪杀手的故事线，这就打破了惊悚片的传统。而这让观众开始不确定他们所观看故事的类型归属。这到底是一部由西戈尼·韦弗演绎的人物深陷危险的惊悚片，还是由霍利·亨特扮演的训练有素、全副武装、颇具牺牲精神的警官追逐杀手的动作冒险片呢？这部电影中存在两个截然不同的主角（先不提两位电影明星之间的竞争），分别作用于两个相互矛盾的故事，它的后果就是导致观众不知道自己应该关心哪一方。

另一个破坏类型的例子是《幻影英雄》(Last Action Hero)，它彻头彻尾地将现实和幻想搅和在一起，观众已经懒得去分辨他们看的是哪种类型故事了。故事中小男孩丹尼得到了一张神奇电影票，用这张票可以进入到他崇拜的电影英雄杰克·斯莱特的系列新片里。英雄杰克·斯莱特由阿诺·施瓦辛格扮演。这张神奇的电影票把丹尼从"现实"世界带到了电影中的幻想世界。然而，让片中男孩惊讶也让观众迷惑的是，幻想世界里的人物虽然长着和演员们一样的脸，但他们却真真正正地呈现着幻想世界里的性格。本尼迪克特是行径最恶劣的坏人之一，他设法得到丹尼的神奇电影票，逃离他所在的电影世界，去往丹尼所在的"现实"世界中撒野。现在，杰克·斯莱特和丹尼必须在本尼迪克特杀死扮演杰克·斯莱特这一虚幻角色的演员本人之前，阻止这一切的发生。这是一部动作冒险片吗？嗯，这里有你所期待的施瓦辛格的动作表演，然而这部电影的情节逻辑完全颠覆了观众对时间和空间的认知，让电影沦为毫无目的性可言的动作片段大杂烩。

从理论上讲，电影角色走出银幕并且与现实世界互动并非不可能。实际上，伍迪·艾伦在他那部天才之作《开罗紫玫瑰》(The Purple Rose of Cairo)中正是这样做的。《幻影英雄》的根源性错误是忽视了类型期待，更确切地说，是没有遵循任何一种类型的准则。因为该电影没有将观众定位，使得观众在看到主人公所经历的危险时，无法觉察到这些危险对自己的幸福有何种威胁。所以，当本尼迪克特闯进观众所观看的、本应该被营造出真实感的世界时，任何的威胁与危险为时已晚。

这部电影就好像双面镜：虚构的电影里又是虚构的"电影中的电影"，观众迷失在这样的无尽反射之中，不久就忘记自己置身何处。这种令人迷惑的叙事地点会给观众带来最糟的观影体验。

还有一个例子：经验丰富的老警察和思维敏捷的新人一起追踪连环杀人虐待狂。从《沉默的羔羊》这样的侦探类型到《致命武器》(*Lethal Weapon*)这样的动作冒险类电影，这个情境设置可以作为各种电影的开头。而这恰恰是《神秘拼图》(*The Bone Collector*)的问题所在。丹泽尔·华盛顿扮演四肢瘫痪的凶杀案侦探林肯·莱姆，他可以给其他人下指令，但是却没有办法亲自去展开追捕，就像《凶手就在门外》中的西戈尼·韦弗扮演的被囚禁的角色一样，这种角色适合作为惊悚片的主角。另一方面，他的助手安吉丽娜·朱莉扮演的角色则必须承担起动作冒险片中的主角所应完成的动作。更加迷惑的是，故事结尾又回到了惊悚类型模式，杀手令人意外地与莱姆的过去有关，这让观众慌乱地陷于"到底是谁对谁做了什么"和"他为什么要这么做"的困惑之中。在角色的内在思想和外在行动之间游走是小说常用的叙事手段，读者在阅读小说时可以随时随地毫无障碍地进入角色内在的思维和情感，但是这种路径对于电影观众来说却是无效的。因此，只对书本进行忠实演绎而不仔细辨别基本的故事要素，往往会得到令人失望的电影故事素材。

先学会做想做的事情，才能做喜欢的事。
——禅宗谚语

类型关联表除了提供电影的分类方法，还按照特定的顺序从左到右进行排列。从人物深陷自身内心的痛苦这一类型开始，结束于人类直接向神明挑战的为数不多的形而上的反抗类型。事件的发展顺序取决于主人公面临的挑战、他如何用实际行动解决该挑战，他的行动如何不仅改变电影里的社会，而且也将电影观众与影片中主人公所改变的社会建立起联系。

类型关联表的第一部分包括**内心的痛苦**、**核心冲突**、**滑稽喜剧**、**童话故事和个人探索**这几种类型。它们的主人公都有一个基本目标，即追求更完整的人生并丰富自己的存在形式。以最盛行的电影类型之一的童话故事类型为例：实际上《泰坦尼克号》之所以能够成为有史以来最成功的商业电影，部分得归功于因果关联紧密的电影情节。电影中所有的人物都黑白分明。尽管重大的悲剧性事件构成了《泰坦尼克号》的背景，不过年轻男女命中注定的爱情故事才是它广受世界欢迎的法门。观众对这个爱情故事的认可，让他们可以为自己过去短暂的爱情赋予某种合情合理的壮丽感。这种简洁有效的叙事与其他元素一起，同样也存在于《风月俏佳人》《心灵捕手》《红磨坊》(*Moulin Rouge!*)等许多被归为童话故事类型的成功电影中。

上述电影都存在某些近乎一致的结构、人物和背景元素。虽然可能会出现一部没有其他童话故事元素，只讲述两个人在一条在劫难逃的船上产生爱情的电影，但以这种方式建构的电影就不属于童话故事类型了。以《非洲女王号》(*The African Queen*)为例，电影里两位主角在一艘船上陷入了爱情，但这显然是一部讲述动作冒险故事的电影，而不是童话故事。区别在于《泰坦尼克号》中杰克和露丝这对恋人的行动对他们的故事、对人物当前的社会以及对观众的社会造成了怎样的影响——他们当然影响了露丝的未婚夫和她的母亲，但是这些人物即将受到远超露丝能力范围的其他事件的更深影响。实际上，杰克和露丝之间的爱情并没有对周遭的世界产生一丁点改变。他们的行为对社会制度、国际事件毫无作用，也没有在更大的范围影响他人。因此，虽然这个故事的确给观众带来了强烈的情感冲击，但是主人公的行为并不会引起他们的社会性改变。此外，主人公所承担的风险也相对较小。《泰坦尼克号》中恋人的主要目标是改变他们的个人命运，获得更多的快乐，并且精彩地活着。他们为爱所采取的冒险行为，在带来情感激荡的同时不会造成致命的后果。追求未来幸福这一目标的失败可能会让人心灰意冷，但没人打算为此把命搭上。虽然在《泰坦尼克号》中杰克的确死了，但他和船上的其他人一样，不曾预见死亡的发生，而且他的死也不是情节使然。

类型关联表的中间部分包括**侦探片、恐怖片和惊悚片**。虽然这些类型之间共享某些元素，并和动作冒险片之间互相借鉴，但是它们仍是截然不同的类型，拥有形色各异的人物，追求着不同的目标。这些相互交叠的类型之间最显著的共同点在于，主人公最终都会面临生存意愿的选择。在紧要关头，在主人公孤立无援的时刻，他能否找到内在精神的支柱来维持身体和头脑的正常运转？例如，当《异形》中的雷普利发现自己竟和暴虐的怪物关在一个逃生舱里时，放弃挣扎让怪物大快朵颐对她来说亦是一种解脱，为什么不干脆甩手不干，然后抱怨自己运气有多不好呢？因为，撇开观众的嘘声不谈，这种投降的做法显然是违背惊悚片的类型期待的。观众就期待该类型电影讲述这样的故事：对自身的遭遇还没有做好准备的普通人，在被逼无奈的绝境下为了活命而扣动扳机。

类型关联表的第三部分是**动作冒险类型**。它拥有独一无二的主人公，能让观众心潮澎湃，而且是目前为止故事背景最五花八门的电影类型。战争片、西部片、警匪片、某些体育片、史诗片、灾难片，以及某些科幻片和奇幻片，都可以被归到动作冒险类型电影。此外，通过品鉴这些故事你就会发现，同样的情节可以产生全然不同的风味。《非洲女王号》和《绿宝石》(*Romancing the Stone*)都是浪漫爱情片，讲述了两个不可能相爱的人被命运裹挟在一起，并惊讶地发现他们竟爱上了自己的对立面。《泰坦尼克号》也是关于两个不可能相爱的恋人被命运裹挟的爱情故事。但是《泰坦尼克号》是以童话故事为结构的浪漫爱情电影，而《非洲女王号》和《绿宝石》则是动作冒险片。

若不是出于第一次世界大战时局的压力及女主角罗斯想让女王号顺流而下炸毁德国炮艇的爱国主义信念，查利·奥尔纳特和罗斯绝不可能长时间待在一起以致酝酿出了爱情。如果缺少了最要紧的动作冒险情节，《非洲女王号》中的爱情故事根本不会发生。同样的，如果没有藏宝图和利益攸关的心形绿宝石，电影《绿宝石》里的琼·怀尔德和美国冒险家杰克·科尔顿只能干坐着面面相觑。动作冒险片的叙事轨迹让爱情故事成为可能。即使都是动作冒险片中附带谈情说爱，这两部电影的氛围也是截然不同的。《绿宝石》是一部带有虚构色彩的轻松喜剧，而《非洲女王号》中人物的行动则植根于现实。

如果动作冒险类型可以囊括如此多拥有各异气氛和质感的故事种类，那么，如何才能有效地定义这一复杂类型呢？就像支撑起桥梁的沉箱一样，答案并不在电影所呈现的事件里，而在支持该类型的核心价值之中。

[第三章]

动作冒险片的基础

动作冒险片始终是在美国本土市场以外最受欢迎的美国电影类型，吸引着世界各地不同社会、种族和语言的观众。虽然美国以外的电影观众对美国的动作冒险故事充满热情，可如果他们自己国家的电影也效仿这一类型，并试图传达与它相似的价值观念——诸如冲破礼法、蔑视权威，尤其是独立的行动——往往就会显得与其自身的社会文化有些格格不入且不合情理。

　　以一个美国和斯堪的纳维亚地区联合创作的剧本为例。剧本讲述一个年轻的法律系毕业生被分派到拉普人[①]聚居的北方偏远地区担任巡回治安法官，他同时也是国家法律在当地的唯一代表。上任不久，这个年轻的法官就遇到了几次暴力冲突事件，矛盾的一方是土著拉普人，另一方是石油管道公司。拉普人认为石油管道公司破坏了驯鹿的迁徙廊道，这威胁了他们的权益。缺少实际经验的年轻法官按照学校训练的方法照本宣科地处理了这一问题，但是这种纸上谈兵的处理方法完全不能应对石油公司的粗鲁挑衅，也不能阻止拉普人神出鬼没的突然袭击。当事件升级，

---

① 拉普人（the Lapps），北欧地区原住民。驯鹿是该地区原住民最重要的食物和经济来源之一。——译注

命案发生时,年轻法官无法再依靠纸面上的法律章程,他不得不自己化身为法律权威,从而防止爆发更大的杀戮。

只需在时间和角色上稍作变动,这类基本的美国式冒险故事就能发生在任何一个地方。例如,它可以发生在20世纪初美国印第安人保留地,或是南美洲的丛林深处,或是遥远的沙漠边陲。故事细节或多或少都是可以替换的。然而,对于斯堪的纳维亚人来说,这类冒险故事完全不可思议,甚至可以说是荒谬至极。因为从文化角度来说,斯堪的纳维亚人无法认同一个角色可以完全靠一己之力改变全局。尽管斯堪的纳维亚人认可并且享受那种以美国为背景的电影中有一个美国人做出类似冒险举动的故事,但是,在他们自己的文化环境里,出现一个行为如此反常的角色是不太可信的。

从《风中奇缘》(*Pocahontas*)到《狮子王》(*The Lion King*),虽然很多迪士尼动画电影并不是严格意义上的动作冒险片,但它们与这一类型也差别不大。毫无疑问,迪士尼的动画影片拥有精湛的技术和独特的迪士尼式的角色设置,再加上无处不在的幽默,这些都为影片的成功提供了保障,赢得了世界各地观众的喜爱。但印度除外。那些深深融入美国人文化意识的迪士尼电影对于大多数印度次大陆地区的人来说几乎毫无吸引力。

同样,"给我一把斧头和一把枪,别挡道"的个人主义美国标签也不是大西洋彼岸欧洲人所熟悉的性格特质。英国祖先已经把本土的动作冒险片限定于表现机智勇敢的第二次世界大战(以下简称"二战")英雄们的事迹。例如在《冒充者》(*The Man Who Never Was*)这样的电影里就可以看到，比起正面对抗，英国人在战斗中更注重暗中行动和以智取胜。当然，"二战"期间这个躁动不安的岛国事实上也只能这样做。英国版的动作冒险片正是歌颂了这种不屈不挠的精神。大受欢迎的大英专属詹姆斯·邦德便是这一传统的继承者，间谍伪装成了他的代名词。

其他的欧洲电影人通常也认为美国式的动作冒险片对于他们的文化而言显得很尴尬，影片体现的价值观以欧洲人的思维来看并不合理。当地中海地区表达无奈的耸肩方式越过鲁莽冒失的法国人的鼻息传到斯堪的纳维亚时，挪威人和丹麦人为了防止自身做出冒险的决定，已经制定了一套社会法则叫"詹代法则"[1]。"詹代法则"最早出现在文学作品中，是一套具有反讽色彩的虚构的行为准则，但它现在已经成了斯堪的纳维亚地区盛行的一套真实有效的文化准则。它声称："不要以为你比我们其他人聪明，你不应该为任何有违道义的行为冒险。"这种潜藏在深处的价值观保证了人们即便是在做出最简单的决定时，也不会去迎合某些在社会或政治上身居高位的人。

千百年以来，小人物在战争、政府、教会、阶级结构、民族或宗教的权势等级前不得不屡次屈服，欧洲人谨小慎微的世界观

---

[1] "詹代法则"(Jante loven)首次出现在丹麦裔挪威籍小说家阿克塞尔·桑德莫塞(Aksel Sandemose)的小说《难民迷影》(*En flyktning krysser sitt spor*)中，它的首要准则是"不要以为你很特别，不要以为你比我们优秀"。——译注

因此得以造就。他们总感觉无法掌控自己的命运。因此，我们也完全能理解为什么欧洲电影中几乎没有小大卫击败大巨人歌利亚的励志故事。

当然，也有一些非美国制作的电影能给人以动作冒险片的表面印象。可即使表面相似，这些影片在文化及叙事传统上与轻松喧闹的地道美国动作冒险故事相比，依然有着巨大的差异。

✎ "我就是我"[①]

导演赛尔乔·莱昂内于 20 世纪 60 至 70 年代制作的意大利"通心粉"西部片是最早一批仿制动作冒险片的欧洲电影。克林特·伊斯特伍德在这些矫揉造作的美国西部片元素大杂烩电影中演绎了一位眼神坚毅、紧咬下颌的"无名客"，这让他从一位默默无闻的电视和 B 级片演员一跃成为国际超级巨星。伊斯特伍德就像《旧约》中的神，他扮演的角色是匿名的，是来自天堂的神明的化身。他用那令人闻风丧胆的枪法消灭了邪恶势力。他曾经悄悄地来，现在又默默地离去。伊斯特伍德果决的残酷不同于那些老生常谈的超乎道德之外的品质。相反，他是自以为是的复仇之神的化身，他目睹了人类因复杂的纠葛而造成的可怕报应，于是决定让世界恢复秩序。这些意大利"通心粉"西部片本质上建构

---

① 出自《圣经·出埃及记》（Exodus 3:14）。

的是典型且稳定的天主教世界，展示了教会至高无上的力量并将之强加给了那些非天主教的欧洲国家。

你只知打打杀杀，我早知叫只糯米鸡。
——香港电影对白

在香港，中国人几乎依靠不断使用独家功夫架势就建立起了自己的电影业。在亚洲功夫片作品序列中，李小龙和成龙是绝对的超级明星。他们都在香港电影业的体系下，精心地建构着自身独特的电影形象，并最终赢得了超过全世界人口数一半的粉丝，成为影迷心中的挚爱。毫不夸张地说，至少在亚洲地区，这两位明星被尊至神坛。人们崇拜他们的行为，把他们说的话当成毋庸置疑的真理。

除去刺激、迷人的氛围和喧闹的打斗场面，香港功夫片的叙事结构几乎没有从西方动作冒险类型中借鉴任何内容。它的内在驱动力更多源自中国传统文学作品。如《水浒传》，一部14世纪的小说，它以非常松散的方式讲述了一群法外之徒的个人传奇经历和他们帮助民众对抗腐败政权的故事。

和小说一样，在香港动作片探戈般精心设计的风格化暴力之中，包含着对错分明的道德寓言。成龙用眼花缭乱的功夫把坏人制服，对手们被成龙高尚的精神力量震慑，诚服在其卓越的道德之下，当即弃恶扬善。他们的问题不在于他们曾经是坏人，而是他们曾被邪恶的力量腐蚀，放弃了天性中善的一面。现在，他们再次受到了美德的本真的洗礼，从惘然中解脱。然而，这种寓言的本质表明故事中的人物并不真的需要为其所作所为负责。故事中存在一种"先验"的顿悟，人物无须经历肝肠寸断的痛苦，只需一位具有更高精神境界的人，像注射"间歇式增强疫苗"似的对他进行点化。

　　从爱森斯坦和普多夫金的苏联早期历史巨作，到黑泽明精心雕琢的武士寓言，数以百计的电影不符合动作冒险片的法则，但这并不意味着这些电影就处于次要地位。另外，虽然这些电影中也包括动作元素，但它们本身并不是这本书所要探讨的动作冒险片类型。

　　从惊悚类型甚至到核心冲突类型，其他的电影类型同样可以自由运用动作冒险类型电影中的元素。然而并不是有了激烈的追逐、性感的主角和头脑发热的斗殴就能称之为动作冒险片，就像一个人借了邻居的储藏室并不表示他对这块土地具有所有权。再者，如果有一天"借"过了度，成为"偷"时，不仅会损害类型的完整性，还会辜负观众的信赖。

动作冒险片的基础

✓ **包围状态**：为了完成一项不可能的任务，并拯救岌岌可危的社会，主人公要与强大的对手战斗。

✓ **浪漫功绩**：浪漫的英雄般的伟绩让观众进入了一个迥异于日常生活的、充满生死较量的世界。人物的行为方式带有观众理想中希望获得的正直与高尚。

✓ **道义声明**：在紧要关头，秉承着某种是非观的主人公愿意为了他们的信念与不同道德立场的劲敌决一死战。

[第四章]

动作冒险片的起源

讲故事的人统治世界。
——霍皮族[1]谚语

每一种文明中，讲故事的人都是神话的监管者。他们把人类日复一日的混沌世界编织成井然有序、通俗易懂的连续事件。人们围在火坑边，或是聚集在漆黑的剧院里，一起听神话编造者们把既往经验变成结构稳定的故事。这些寓言式的故事重申了文化的组成部分——价值、态度、信念、历史、拥护者、财富和社会机构。

最近，电影行业里涌现出了大量从神话角度分析电影故事的讨论。特别是克里斯托弗·沃格勒对约瑟夫·坎贝尔著作进行的颇有价值的研究。在《作家之旅》(*The Writer's Journey*)[2]这本书中，沃格勒鉴别了所有故事中英雄之旅的十二个阶段：

---

[1] 霍皮族（Hopi）是美洲土著，很多居住在美国亚利桑那州。——编注
[2] CHRISTOPHER VOGLER. The Writer's Journey: Mythic Structure for Writers[M]. 2nd ed. Studio City: Michael Wiese Productions, 1998.

（1）介绍来自普通的平凡世界的英雄，观众发现了他的远大抱负和自身局限，并且对英雄产生认同感。
（2）英雄受到了挑战，需要前去冒险，探索或解决某个问题。
（3）出于对未知的恐惧，英雄对前方的历险犹豫不决。
（4）英雄遇到了一位智者，这位导师鼓励他去历险。
（5）英雄决心开始他的旅程，他跨过心中的那道坎，进入冒险世界。
（6）在冒险世界里，英雄找到盟友，但也遭遇敌人的挑战。
（7）英雄为即将到来的与敌方的武力对抗做好准备。
（8）英雄经受着严酷的考验，面临死亡的可能。
（9）英雄在死亡的考验中重生，找到新的力量。
（10）英雄从敌方抢得宝物，准备离开冒险世界返回平常世界，不料却遭到仇家的追杀。
（11）在即将回到家园的那一刻，英雄面临终极考验。
（12）英雄带着宝物回到平常世界之中，分享他的所见所闻，造福社会。

编剧可能会发现，这种将故事步骤进行分解的方法在许多情况下对分析某些特定叙事的结构性平衡方面十分有效。事实上，在下一章我们就将考察类似的结构体系，此结构体系能设计出吸引观众的段落，这些段落组成了可以唤起观众情绪反应的故事结构。

《星球大战》是将坎贝尔的发现运用到电影故事中的最佳例证。如果你拿沃格勒总结的英雄之旅的十二阶段与卢克·天行者的旅程对照，就会发现它们之间的对应关系。不过，在用沃格勒／坎贝尔建立的模型来分析动作冒险片时，还是会遇到一些小问题。

首先，坎贝尔称为"单一神话"（mono-myth）的内容——那些人类历史最重要的事物，那些千百年来被全人类文化不断重复的事件——浓缩在了跨文化叙事中独立要素的精心编排里。这一各种文化都通用的寓言故事版本假定了所有故事都会完全遵守同样的叙事模型。因此，研究者们发现若要试图将各种不同电影套上坎贝尔模型，需要进行相当精细的打磨和雕琢。不过，提到坎贝尔模型是为了更好地分析动作冒险片，我们不需要生搬硬套坎贝尔模型的框架结构，而是要关注神话故事中特定部分所叙述的影响了某种社会精神的故事价值。

这种各文化都通用的结构的另一麻烦之处在于，它预先假定了主人公一定会接受并完成故事的旅程。跟卢克·天行者一样，主人公拥有与生俱来的原力，只需通过故事的检验把那股力量充分释放出来。就像《绿野仙踪》（*The Wizard of Oz*）里的桃乐丝一定能回到堪萨斯一样。

桃乐丝
哦,你会帮我吗?你能帮我吗?

葛琳达
你再也不需要求助了。你早就有能力回堪萨斯了。

桃乐丝
我有吗?

稻草人
那你为什么之前不告诉她?

葛琳达
因为她不会相信我说的。她得自己去发掘。

锡皮人
你学到了什么,桃乐丝?

桃乐丝
嗯,我、我想那是……光想回去见亨利叔叔和艾玛婶婶是不够的,还有……如果我未曾重新寻找我内心的愿望,我无法看到比我家后院更远的地方。因为如果它不在我心里,一开始我就不会知道我已经失去它了!是不是这样?

葛琳达
正是如此!

> **稻草人**
> 但那很简单啊!我早该帮你想到才对。
>
> **锡皮人**
> 我早该在我的心里感觉到它。
>
> **葛琳达**
> 不,她得自己发现这个道理。现在你脚上的魔法鞋会在两秒钟内带你回家。

这种与生俱来的能力,虽然在故事逻辑层面说得通,但是所体现的是对享有特权的贵族遗产继承制的信仰。这与支撑美国动作冒险类型的那种自给自足的普通人价值观是绝对对立的。

当传奇流传为现实,我们就将传奇当成现实刊登出来。
——电影《双虎屠龙》台词

早在 1903 年西部片《火车大劫案》(*The Great Train Robbery*)征服观众之前,内德·邦特兰、赞恩·格雷、马克斯·布兰德等一批新闻撰稿人就撰写了不少美国旧西部的传奇故事,美国神话在他们的笔下蓬勃发展。内德·邦特兰亲笔创造了"野牛比尔·科迪""蛮牛比尔·希考克"的传奇,还在他写作的以 19 世纪为主题的廉价小说中创造了其他数目众多的警长、枪手、赌徒及恶棍。内德·邦特兰的牛仔故事让东部城市居民颇为着迷,但其实这些枪林弹雨的传奇和南北战争之后的美国西部现状没有任何关联,实际上,该地区居住着大量从战后重建中逃出来的一无所有的人。真正的牛仔是颠沛流离的南部士兵、无家可归的前奴隶和西班牙征服者的后裔——他们现在是墨西哥牧民。这些人的生活水深火热,根本没有浪漫可言。

内德·邦特兰本身也是一个充满传奇色彩的人物。他曾经因谋杀罪被判处绞刑,但在最后关头免于一死。在写作时,内德·邦特兰绝不会让事实妨碍对真理的表述。他意识到东部读者日常生活的不易,他们年复一年地被困在不断增加的安置房里,无法从工业社会沉闷的劳役中解脱。为此,内德·邦特兰献给他们大量的美国西部传奇故事,把美国西部塑造成南北战争之后国家精神重获新生的广袤乐土。尽管他创作的廉价中篇小说与事实的直接证据相左,但却鼓励了一种独立的想象,这比那种从大英帝国的专制统治中解放出来的遥远目标更能引起人们的共鸣。这些精彩绝伦的冒险书籍成了美国特色的道德剧。执法者和枪手定义着是非的标准,并准确地把握了美国式人物的精粹——一个有原则、毅力和强大心灵的人必能自行其是,不会被人所掌控。过不了几年,电影就接替了这些纸质小说,通过闪闪发亮的银质胶片把这些西部神话散布到各地。

✏ 关键时刻

如果说有一幅标志性的画面可以作为所有美国动作冒险片的缩影，那就是西部小镇尘土飞扬的街道上的经典决战时刻。敌我二人面对面严阵以待，死死盯着对方，把手放在手枪皮套上随时准备出击。这一刻关乎真理，关乎善恶，同时它也是勇气和正义接受检验的瞬间。我们只需回忆《拯救大兵瑞恩》中汤姆·汉克斯用他那小型手枪射击行驶而来的装甲坦克的场景，就能意识到这个主题是多么富有意义，以至于几乎所有动作冒险片，不管描绘的故事内容是什么或发生在什么时代，都一遍又一遍地重现这一主题。

✏ 男人要做男人该做的事

没错！西部英雄充满着威严的荣光。不过，牛仔的荣誉不是来自传统的社会法则，而是植根于这片土地。有时这种荣誉感让牛仔本人也感到惊讶——它似乎从土地传到了皮肤的表面，直到他遵从本能欲望的召唤，以人民和土地的名义行使正义。

电影《正午》(*High Noon*)中，就在威尔·凯恩（加里·库珀饰）刚刚上交完他的警长勋章并迎娶了埃米·福勒（格蕾丝·凯利饰）时，他听说了一伙歹徒将乘坐中午抵达的火车前来报复。在他的朋友尤其是新婚妻子的催促下，威尔和埃米驾驶着马车前行，尽可能地远离杀戮，去过新的生活。但是，行至镇外的空地时，威尔面色沉重地勒住缰绳，停止前行。

> **埃米·福勒·凯恩**
> 你干吗停下来？
>
> **警长威尔·凯恩**
> 这样不好。我得回去，埃米。
>
> **埃米·福勒·凯恩**
> 为什么？
>
> **警长威尔·凯恩**
> 这很疯狂。我现在连枪也没有。
>
> **埃米·福勒·凯恩**
> 那我们继续走啊，快点。
>
> **警长威尔·凯恩**
> 不，我一直在想，他们想让我逃走，我以前从来不回避任何人。
>
> **埃米·福勒·凯恩**
> 我不懂你在说什么。
>
> **警长威尔·凯恩**
> 唉，我现在没时间和你解释。
>
> **埃米·福勒·开恩**
> 那就别回去，威尔。
>
> **警长威尔·凯恩**
> 我得回去，就这么决定。

📝 经典西部片情节

每一代美国孩子都会在城郊的后院、都市的广场、市区的弄堂以及乡下的田野里演出最基本的西部神话。在这些虚构的故事中，县治安官、警长、牛仔在同不法罪犯、农场主、印第安人对决时险胜，他们拯救小镇、要塞或马车队，受到小镇居民的感谢，并赢得美丽女教师的芳心。扮演牛仔这一英雄角色或许是孩子们的成年仪式，也是接近牺牲、荣誉、公正等深入美国人血液的标志性西部神话理念的最有效途径。

一位枪法犀利、身怀绝技的孤胆英雄来到一个动荡的小镇，一群恶势力威胁着这一脆弱的社群，破坏当地居民安宁的生活。这位英雄像一个谜，他持有和当地居民一样的价值观，但与此同时小镇上的居民发现他拥有和他们的敌人一样的枪法。因此，居民们不能完全敞开心扉地热烈欢迎他加入这个社群。英雄永远站在两者之间。在教会野餐的时候，他总是一只脚撑着投下阴影的大树，眼睑下垂，远远地站在一旁。要不了多久，女教师就会鼓起勇气给他送来一盘食物，或者一位老医生会自告奋勇地担当起小镇调查员的角色，开始刺探这位陌生人的底细。即使如此，虽然这位陌生人的笑容随和，但人们还是捉摸不透他的心思。当故事里的反派试图粗暴地践踏这里脆弱的文明时，陌生人神秘的出身才显现出来。这位寡言少语的英雄证明自己是真正的勇气的化身，为了保护根植于这块土地的脆弱文明，他将坏人一举歼灭。

那个戴面罩的人是谁？

如果说这一典型的西部神话太过简单，那么你不妨想想原型传说这个主题。它在美国传统中是那么重要，以至于它不仅仅存在于正统意义上的西部片中，还存在于其他动作冒险片，以及后来诸如都市动作冒险片之类的变种里。

美国人从骨子里就不喜欢欧洲人或大都市人的那股自命不凡。美国人有一系列不能容忍的事物，如课本教育、精致服饰、高雅音乐和艺术等附庸风雅之物，还有任何不开诚布公的交易形式。在传统西部故事中，主人公可能是一个初来此地的陌生人，但是他持有努力劳作的正直的价值观，本能地厌恶虚伪和矫饰。没有什么比把主人公塑造成一个专门戏弄老实人的油头滑脑的城里人更令人作呕的了。

因此，反派往往与主人公完全相反。他穿着不适宜的东部套装，操着一口奇怪的口音，一副很有教养的样子。从外表上你看不出他来自哪里。最重要的是，他是一个狡猾的两面派。单就西部神话的这一点来说，我们就会被提醒要对这种圆滑的人保持警惕，在和这些可能比我们更机灵的人打交道时要特别小心，特别是不要去相信那些通过不诚实、不民主的手段让跟随者陷入圈套的人。

电影《花村》(*McCabe and Mrs. Miller*)则颠覆了传统西部片的模式，对"西部不信任那些来自东部的贪婪滑头"做出了尖锐深刻的评述。约翰·麦凯比是一名职业赌徒，他逮住机会在一个鸟不拉屎的采矿小镇上开了一家妓院。他买了几个妓女，用帆布搭了一个帐篷当作妓院和酒吧，供矿工消遣。他的创业得到了回报，受益于职业妓女米勒夫人的帮助，他的生意吸引了更多的年轻姑娘和客人，约翰·麦凯比成了他连做梦都不敢想象的成功商人。

　　但是，他的失败之处正在于他是在一个不熟悉的高利润领域获得了成功。发展一个小规模的市场不是件难事，但要想真正赚大钱，必须得学会善用人性的弱点。当矿业公司提出要买下麦凯比的生意时，浮华的幻想让麦凯比沾沾自喜。他不仅拒绝了这一提议，还请来了一位当地律师好让他们颜面扫地。这位律师答应麦凯比，就算一路打到国家立法机关，他也会站在麦凯比这一边。但事实上，麦凯比已经越界了，他没有时间去考虑法律途径的细枝末节了。拒绝矿业公司的要求之后，留给他的唯一选择，根本就不是要不要继续在这里做生意这么简单，而是——他还能不能活下去。影片最后，麦凯比孤独地死去，躺在风雪中无人问津。这就是一个无视神话经验，一意孤行地要把自己变成人们最不信任的形象的人的最终下场。

　　这里要传达的信息是，我们质朴厚道的人，必须不断地警惕不道德的欺诈的人，与居于四周的无耻的骗子对抗。即使是最直白的情况——比如一场全力以赴的战役，敌人也会想尽办法跟我们耍花样。《突出部之役》(Battle of the Bulge)简要地描绘了一个真实的历史事件：在突出部之役中，纳粹派出一支会说英语的特殊装甲部队，让他们偷偷潜入美军内部。

或许将自己看成"诚实直率的老实人"这一观念在当下的地缘政治环境里不一定准确，但在充满希望的国家建设初期，人们确实就是这么个情况。那时，无论国内还是国外势力，都在虎视眈眈地觊觎着这些脆弱的新生事物。更重要的是，美国内战后的重建时期，不管男人女人、黑人白人，还是来自海外的移民们纷纷跨过密西西比河迁移至西部，在这片处女地上重新开始他们的生活，在那里他们建立了一套从里到外全新的个人主义，尽可能地远离那批借南方被征服之机趁火打劫的虚伪的北方提包客（the Yankee）。转述马歇尔·麦克卢汉的话：谈起旧西部面貌，迁移就是一场神话。

✎ 那是你的不幸，与我无关

然而，恰恰是主人公这种为社群利益打击邪恶势力的行为，决定了他怀抱着美国精神而心碎的必然命运——这正是西部神话讲出的最令人痛心疾首的美国式两难困境。虽然被包围的小镇和四轮马车队感谢他的救助，但是主人公用来拯救他们的才能也让居民们感到害怕，因为这种才能与那些威胁着这个尚未成熟的社群的敌人的才能，本质上是一样的。因此，英雄般的救世主也会被他所拯救的人厌恶。他注定了要游走在那些由普通人抱团组成的群体的边缘，孤守着那份遗世独立的自傲。

正如西部片从微观角度所呈现的个体经历，美国作为一个国家也正在宏观层面上经历着类似的困境。银幕上的男男女女们都是依照美国文化价值所刻画的，电影尝试着将这些价值推广到更广阔的范围。但令幻想破灭的是，这种努力在世界范围内并没有得到认可和欣赏。

牛仔升级，神话改变

让观众惊讶的是，原先那些有原则、有活力、坚强且壮实的英雄所具备的相对天真单纯的品质，已经不再能处理"二战"后社会出现的复杂现象了。为了在崭新的全球势力链中继续引导大众与混乱的道德体系作斗争，西部神话必须调整成为更加复杂的范式。

不过，西部英雄们还不能放弃荣耀、正义、对事业的奉献，以及最重要的，忠诚。他们相信，不是价值观出现了问题，而是在不对的地方误用了这些价值。他们忘记了神话的教导——不要与忘恩负义、坐视不管的人有任何瓜葛。他们牺牲自己，期盼着有朝一日能被有教养的群体接纳，却发现一旦完成使命，自己就会被无情地抛弃。

有一段时间，他们在复仇中幻灭。就像在电影《百战宝枪》

（Winchester'73）和《搜索者》（The Searchers）中，主人公不再为忘恩负义的弱势群体而战，他变得很像他所要追逐的人——一个身怀绝技的枪手，一个无视或破坏法律、以自我道德为准绳的人。在《歼虎屠龙》（The Bravados）中，格利高里·派克扮演的角色就是因复仇动机最终导致恶劣后果的明证。派克扮演的角色回到自家牧场时发现家里被人洗劫一空，年轻的妻子也被残忍地奸杀。他的邻居告诉他四个歹徒刚离开不久。于是派克立即动身，穿越广袤的田野追捕他们——他也的确做到了。派克偷偷跟踪着他的猎物，并把他们一个接一个地杀掉，他的报复手段十分残忍。但剩下的最后一名年轻的墨西哥人却带来了反转，他从派克手中逃脱，跨过国界回到自己妻子的身边，并反过来擒住了派克。年轻人并没有把折磨了他几百里路的派克立马杀掉，而是成为四个人里第一个终于发问的人。他问派克：你到底为什么要杀我？他承认自己是一个不折不扣的骗子和小偷，甚至他身上还有从派克家里盗取的一小袋金币，但他发誓自己从来没见过派克的妻子，更不可能奸杀她。这包金子是他从派克家隔壁农场的老头那儿偷来的。这一消息犹如晴天霹雳，让派克猛然间意识到自己犯下了多么鲁莽的大错。原来偷走他钱、杀他妻子的是他自己的好邻居、好朋友。尽管这一伙不法之徒或许曾经犯下其他该死的罪行，但是在派克这件事上他们绝不至死。背叛不属于这些歹徒，而属于派克自己——他违背了自己正义执法的心。

正如这些西部故事里的主人公最后发现复仇是枉然的一样，

"二战"后神话的重新书写同样是无意义的。从自以为是的愤世嫉俗，到架构新的原则体系，他们小小翼翼地重新整编，强化独立自主的价值观，并且变得只信赖那些真正会为了目标牺牲自己的，像他们一样的人。

我们从不睡觉。
——平克顿侦探事务所格言

"二战"后，英雄远比从前谨慎，他们能敏锐地捕捉到弱点和谎言的流露。他们不再是心胸宽广、枪法精准的年轻牛仔，而是行动敏捷、手段毒辣的行家老手。20世纪50年代中期开始，西部片成了强悍的职业持枪歹徒的故事。倒是《荒野镖客》（*Gunsmoke*）和《枪战英豪》（*Have Gun-Will Travel*）之类的电视剧继续承载起了西部片的传统，故事里的主角是果敢而愤世嫉俗的普通人，维护着社群的法律和秩序。

在电影中，一些愤世嫉俗的职业人士往往被迫担当起英雄的职责。在《大地惊雷》（*True Grit*）中，玛蒂·罗斯（金·达比饰）为了追查父亲的命案请警长鲁斯特·科格本（约翰·韦恩饰）帮忙，但警长压根不想帮这位盛气凌人的姑娘办事。同时还有另外一位来自得克萨斯州的年轻人（格伦·坎贝尔饰）也在追查此事，他戴着白色帽子，活脱脱一个传统西部片的牛仔形象。一边是这位令人恼火的姑娘（坏事即将到来的前兆），另一边是满脸稚气的牛仔，尽管被他们两面夹击，但这位脾气古怪的老警长最终还是被得克萨斯政府高额的悬赏吸引，决定参与追凶。值得注意的是，这个奇异的三人组最后追捕到坏人后是将他们交付司法，而没有选择报私仇。

> **鲁斯特·科格本**
> 我要么在一分钟内将你杀死，内特，要么就让法官帕克把你绞死在史密斯堡。你觉得会是哪个？
>
> **"幸运者"内特·佩珀**
> 你说的，不过是你这只独眼肥猪的痴心妄想。
>
> **鲁斯特·科格本**
> 来吧，狗娘养的。

内特·佩珀（罗伯特·杜瓦尔饰）做得很过分，他不仅通过公然藐视法律否定了科格本的权威，还侮辱了法律的现实化身——科格本的人格。在这场有史以来拍过的最壮观的枪战场面中，科格本孤身一人与佩珀的团伙交战。个体价值在神话中获得了一席之地。

🖉 无所畏惧——职业英雄

美国式牛仔不再是诚实的少年形象，他们三番五次地退缩，不再无私奉献。在《豪勇七蛟龙》(The Magnificent Seven)、《血洒北城》(The Great Northfield Minnesota Raid)、《日落黄沙》(The Wild Bunch)、《虎豹小霸王》(Butch Cassidy and the Sundance Kid)等电影中,主人公已经被屈从于吝啬狡诈的东部商业主义的当代西部社会抛弃。

主人公拒绝东部商业主义伪善而疯狂的推销员式心理,因此,几个身怀绝技的人彼此之间建立了属于自己的精英团体,从中他们获得了相互的尊重、荣耀和信任。就像《职业大贼》(The Professionals)中几个社会弃儿建立的团体一样。

> **里科·法丹**
> 我们答应过格兰特先生,会把他的妻子带回来。
>
> **比尔·多尔沃思**
> 我的信用对于格兰特这种人来说一点价值也没有。
>
> **里科·法丹**
> 但你答应我了。

这些英雄从彼此间的联盟所体现的基本的正义感中找到自身的价值。他们因为对职业的忠诚而行动,虽然可能不可避免地会守护理想社会也同样分享的某种原则,但他们这么做的原因其实是为了竭尽所能地保卫他们的同伴,即使为此丧命。

在影片《职业大贼》中,李·马文饰演的亨利·"里科"·法丹是前军队军官,现在却沦落到干起倒卖军火的生意。不过里科被一位名叫 J. W. 格兰特先生(拉尔夫·贝拉米饰)的富裕农场主召唤。他要里科从绑匪赫苏斯·拉扎(杰克·帕兰切饰)手中把他年轻的妻子玛丽亚(克劳迪娅·卡尔迪纳莱饰)救出来。

> **格兰特**
> 赫苏斯。瞧这墨西哥最血腥的歹徒的
> 名字。

里科愿意接下这个任务,条件是他自己挑选组成团队的职业同伴。格兰特热诚地祝福里科,还给他提供私家火车,并许诺如果救出他的妻子,他将给每个人支付一万美元。里科召集了一群职业大贼,他们的身份五花八门,但都被社会所排挤。虽然他们每个人都依旧英勇不凡,但显然已经不是他们的时代了。他们在幻想破灭的边陲勉强度日,经营着一些文明世界不提倡的事务。猎手杰克·夏普(伍迪·斯特罗德饰),牛仔汉斯·埃伦加德(罗伯特·瑞安饰),爆破专家比尔·多尔沃思(伯特·兰卡斯特饰),这几个人出于对彼此技艺的尊重而联手,他们在这个不再需要也不再接受他们的社会之外联合起来。里科的职业同伴们完成了分配给他们的任务,深入墨西哥荒漠之中营救格兰特先生的挚爱。但是,随着故事的进行,我们发现绑匪赫苏斯·拉扎曾经也是他们忠诚的联盟中的一员。事实上，在墨西哥革命时期，里科、比尔曾与拉扎并肩作战。

　　他们还发现格兰特太太根本就没有被绑架，而是心甘情愿地从被迫的婚姻中逃离，回到她永生不渝的爱人赫苏斯·拉扎身边。然而，这些职业大贼和格兰特之间已经签了契约，他们必须履行他们单方面的义务。在他们急速跨越国界的路上，为了减慢赫苏斯追逐的速度以便让其他成员能趁机逃走，伯特·兰卡斯特饰演的角色比尔在峡道处负责断后。在战局僵持时，赫苏斯和比尔这两位前战友回忆了他们曾经的岁月，那时他们的技艺是有意义的，他们为了某种原因而战斗，但那不是金钱。

> **赫苏斯·拉扎**
> 为金钱而死是很愚蠢的。
>
> **比尔·多尔沃思**
> 为了女人而死更愚蠢，不管是哪个女人。
>
> **赫苏斯·拉扎**
> 但她是我的女人。现在是，永远都是。
>
> **比尔·多尔沃思**
> 没有什么是永远的。不信你问法丹，问弗朗西斯科，问那些墓碑上连名字都没写的人吧。

赫苏斯·拉扎
他们为信仰而死。

比尔·多尔沃思
革命?当战争结束,死人被埋,政客接管时,只意味着一件事——那就是白忙一场。

赫苏斯·拉扎
宁为玉碎不为瓦全,你太浪漫了,朋友。革命就像一场轰轰烈烈的恋爱,一开始,她是女神,是神圣的事业。但你忘了每个人的爱情都会有一个可怕的敌人。

比尔·多尔沃思
时间。

赫苏斯·拉扎
我们看清了她的真面目。革命不是女神,而是个婊子。她不圣洁,不完美,所以我们逃了。找到另一个爱人,一场轻率肮脏的风流韵事,只有性没有爱,热情但不怜悯。没有爱,没有事业,我们就什么都不是。我们坚守是因为我们相信,我们离开是因为我们幻灭,我们回来是因为我们迷失,我们死是因为我们做了承诺。

即使准心对准对方的那一刻,他们的心中仍旧感怀往昔那些为了道德尊严而战斗的岁月。早期西部片中的人物非黑即白,这种具有两面性的人物是不存在的。《职业大贼》中主人公为了心中的正义所做的挣扎,奠定了所有后来动作冒险片的基石,并且决定了此类型中哪些是佳片,哪些只是在大影院倾售的毫无思想的暴力奇观。

影片最后多尔沃思和拉扎之间的谈话成了里科团队里的成员发现自我价值的关键,即使为此他们每人要损失一万美元。面对 J. W. 格兰特随从的持枪威胁,他们仍然把玛丽亚交还给了拉扎和他那片茫茫无际的土地。明天、后天,或者下一次,这些人可能又重新过上社会无赖过的日子,但至少在这一刻,他们已经努力为自己的灵魂本真赢得了一席之地。

难道这就是里科的下场吗?

随着美国城市化进程的加快,对都市英雄的渴望也日渐加大,这种渴望在移民群体中尤甚。他们和西部片中的英雄一样每天因个人的正直而挣扎,也同样遭到来自无情社会的藐视。与南北战争使那些本可以成为旧西部价值守护者的人成了流民一样,禁酒令助长了城市里手持冲锋枪黑帮团体的气焰。

正如《人民公敌》(The Public Enemy)、《疤面人》(Scarface)、《小凯撒》(Little Caesar)等类似的影片中所表现的,由詹姆斯·卡格尼、爱德华·G. 鲁宾逊、保罗·穆尼演绎的坚强勇敢的主人公，无怨无悔地与势力庞大的腐败警察和充满野心的政客对抗。他们是小人物们的英雄，却呈现出和传统西部牛仔一样的自我成就的精神，绝不屈从于其他力量，只做那些应该做的事。他们可能是坏人，但也是属于"我们"的坏人。他们是与油嘴滑舌的道学家、信口雌黄的银行家和两面三刀的政治家——那些试图告诉我们应该如何生活的人——对抗的"坏人"。

　　黑帮电影在沉寂了很长时间之后，才再达高峰。在普通人心中，黑帮歹徒作为英雄的形象得到了最老练精妙的塑造。《邦妮和克莱德》(*Bonnie and Clyde*，又译《雌雄大盗》)就是这样一部出色的分水岭式的电影。它结合了大萧条时期所有的故事元素，并把它们纳入一种浪漫的抒情式视野中，将这两位伫立在黑色风暴[1]中的持枪歹徒变成了现代电影偶像。在一个反讽场景中，邦妮和克莱德在一间被遗弃的农舍里练习枪法，他们设法打中放在农舍篱笆上的啤酒瓶。农舍的门上钉着一块指示牌，上面写着："产权归中洛锡安国民银行所有——非法入侵者将被起诉。"当邦妮开枪时，一位农夫拖着脚步从房子的前面过来。房子外面停了一辆车，上面装满了行李，一个上了年纪的黑人站在车旁，车里还有一个抱着小孩的女人和一个年纪不大的男孩。

---

[1] 黑色风暴（Dust Bowl），又称"肮脏的三十年代"（Dirty Thirties），指北美20世纪30年代发生的一系列沙尘暴事件。沙尘暴使得克萨斯州和俄克拉何马州等地遭受重灾，土地减产，人民流离失所。——译注

农夫

你好。

克莱德转过身,用枪指着农夫。

农夫

不,先生……不,先生。你继续。这儿以前是我住的地方,现在不是了,银行拿走了它。

邦妮

这真是太可怜了。

农夫

我和他在这好几年了。是的,先生,你只管继续,我们只是过来看它最后一眼。

他转过身向着汽车走去,这时克莱德扭身朝抵押品指示牌狠狠地开了三枪,接着把枪递给了农夫。农夫瞄准指示牌开了枪,会心一笑。

农夫

嘿,戴维斯!到这儿来。

邦妮把枪递给了这位上了年纪的黑人,他慢慢地举起枪,朝窗户开了一枪。农夫又开了几枪,把第二扇窗户的玻璃打碎了。农夫点点头,戴维斯接着开枪。当农夫把枪还给克莱德的时候,大家开怀大笑。[1]

农夫
非常感谢。我的名字叫奥蒂斯·哈里森,这位是戴维斯。我们以前在这里工作。

克莱德
这位是邦妮·帕克小姐。我叫克莱德·巴罗。我们是抢银行的。

有那么一段时间,歹徒代替了牛仔,成为与贪婪的市政厅和华尔街对抗并维护小人物权利的平民英雄。社会中最松散的规则往往出现在移民者或移民后代中,他们不会浪费时间在城里人看重的金钱至上的价值观上。我们认为金钱赋予了权力,而租客和乡下的佃农普遍缺乏权力。上述所表现的符合公众想象的黑帮歹徒场面并不是第一次出现。在经济大萧条的早期阶段,詹姆斯兄弟、扬格兄弟、多尔顿兄弟就是传奇人物,这些不服从富国银行和平克顿侦探事务所的平原暴徒,以其鲜明的个性影响了阿尔·卡彭、"帅哥"弗罗伊德、约翰·迪林杰等黑帮人物的电影版形象塑造。大都市也像农场一样,孕育出了属于他们自己的黑帮

---

[1] 影片中的实际情况是,克莱德将手枪递给农夫,后者朝指示牌开了一枪。农夫招呼戴维斯前来后自己朝着窗户开了一枪,接着农夫把枪交给了戴维斯,戴维斯朝窗户开枪后把枪交给农夫,最后农夫把枪还给克莱德。——译注

英雄模式，并用挑衅的假笑取代了牛仔们淳朴的露齿笑容。

✏️ 老鼠、手枪、机枪

  黑帮电影也为动作冒险片注入了新的时尚元素。在西部片中，强盗们总会冲出银行朝天开上几枪，惊恐万分的镇民落荒而逃，这给强盗们留下充足的骑马逃离的时间。英雄牛仔自不必说，立即召集一队人马展开追捕，他们带着左轮手枪，快马加鞭，穿越草原。大多数情况下，故事描述的冲突主要发生在保卫者和入侵者之间，而居民很少直接面对危险。其实在最早的西部片中，罪犯之间心照不宣的行为准则保证了他们只会杀掉那些妨碍他们的人，偶尔可能还包括一些女性人质。然而，第一次世界大战中滥杀式攻击的武器设备得到了大力发展，这使得城市街道受到无差别的威胁。在 20 世纪 20 年代，歹徒和执法人员同样手持汤普森冲锋枪。这款冲锋枪成了电影中的必要装置，以至于后来人们很难想象黑帮歹徒的电影画面中缺少机枪横扫的场面——黑色小轿车在转角疾驰时，它的后门被 11.43 毫米口径的自动步枪打成筛子。有关警察和无辜群众的大量头条新闻内容从禁止私人贩酒逐渐升级成为动作冒险式的硬核火拼。

  袭击珍珠港事件再次激发了公众的爱国主义热情，美国重新开始关注国家的工业、经济和道德力量，于是黑帮电影逐渐销声匿迹。但其中的类型元素通过风格化的黑色电影转移到了惊悚片和侦探片中。不过很快,黑帮匪徒对权威的藐视就与"二战"后凯旋的美国大兵的自傲相契合,一个能横扫世界的新型动作冒险英雄就此诞生了。

挑起纷争的话语

于是美国式神话几乎又回到了它的起点,从一个拥有强大力量、天生品德高尚甚至堪称纯粹的传奇英雄,到被世俗无情鞭挞却仍不放弃心中正义的人,再到一个无比自信、仰赖自己的优胜者——他自定规则,会为了自认为正义的事业不惜一切代价,上可大闹天宫,下可蛮缠阎王,就算那些自命不凡的官员他也敢炮轰,哪怕以身犯险也在所不辞。反派也许诡计多端,拥有金钱、资源和花言巧语,但在美国式的无所畏惧、威风凛凛面前,恶势力注定会失败。

动作冒险片的初始属性

西部片范式：在外流浪的漂泊者用他的武技拯救破碎的社会，维护法律和秩序，受到小镇居民的感谢，并赢得女教师的芳心。

继承者：

黑帮片范式：城市里的流亡者蔑视传统社会压抑的道德，枪支和财富给他们带来野蛮的影响力，他们受到普通人的崇敬，并赢得自己本配不上的姑娘。

演变为：

都市动作冒险片范式：为了某个脆弱的社会，粗野的警察用法律之外的手段维护正义的价值观，从而赢得市民的尊敬和步步高升的女上司的爱。

写作练习

- 在十二岁以前,你最喜欢的动作冒险片主角是谁?他具有什么品质?

  - 强健的体格?
  - 勇气?
  - 独立?
  - 嫉恶如仇?
  - 绝对的诚实?
  - 沉着冷静?

- 在你成年之后,你对哪位动作冒险片主角印象最为深刻?你所喜欢的这位主角是否具有以下特点——

  - 同情弱者?
  - 团体意识?
  - 感情上容易受伤?
  - 愿意接受妥协?

- 在哪种日常情况下,你会表现得像你所喜爱的动作冒险片主人公一样?

[第五章]

动作冒险片的结构

并且，所以，然后……

当你经历了一件意料之外的突发事件，如车祸、入室抢劫，或地震、龙卷风等自然灾害，毫无疑问，你会发现自己将花几天、几个星期甚至几个月的时间去谈论它。不久之后你开始讨厌自己的絮叨，却仍然像老水手[①]一样强迫别人一遍又一遍地听你叙述。然而在每次的讲述中，故事的形态基本没有发生什么改变，来自昨日回忆的大量细节让今日的表演仅有极细微的差别，但在你脱口而出之前，还是时不时地闪现一些真知灼见。

你在叙述自己的生活，把随机事件编织成故事，使充满偶然性的生活获得意义。而且，你必须这么做。作为一个物种，人类必须在由各种刺激纠缠而成的光怪陆离的"现实"中找到意义。那些不可胜数的细节竞相出现，轰炸着我们的认知系统，它们在一片混乱中你推我搡，争先恐后地想挤到前面，好引起我们的注意。但过不了多久，我们就会像热门夜店的保安一样，拒绝

---

① 此比喻来自英国诗人塞缪尔·泰勒·柯勒律治（Samuel Taylor Coleridge）的诗《古舟子咏》(*The Rime of the Ancient Mariner*)。

让某些申请者入内，而只放那些看上去最有影响力的成功人士进来。很快，我们已经阻止了大量信息，只剩下极少数细节在试图吸引我们的重视，现在我们可以开始做出真正的选择了。基于我们总是认为事物存在着形状、大小、颜色或时间上的类似性，我们开始把这些刺激因素总结成不同的图式，大的、小的、快的、慢的、上面的、下面的等。一定有某些图式比其他的更大、更重要，于是它们成了我们有意叙述的主体，而其他那些显然不是那么重要的图式就会被作为背景放在后面。这样，我们就展示了人类的感知过程——我们为有限的剩余物赋予意义。也就是说，我们基于自身的经验、行为和态度，为事物找到它们在我们价值系统中的意义。

预测非常困难，尤其当它与未来有关时。
——尼尔斯·博尔

和生活一样，看电影也能刺激我们的感官。两者的区别在于，电影用它的超大信息量、饱满的色彩、数字化的音响和近20米高的超现实画面将我们淹没，于是漆黑的电影院为我们提供了进入一个新世界的途径，这个世界和影院外面的世界截然不同。这一别样的世界用它强烈的感性、理性甚至物理信号将我们吞噬，它不仅能激发人们情感和心理上的反应，还能引起如心跳加速、眩晕甚至恶心等生理反应。[①]

　　当然，就像"现实"生活中的刺激因素一样，银幕上的画面和声音同样具有随机性。因为我们是人类，所以我们天生就善于从一堆杂乱的事物中找出意义。以俄罗斯先锋电影工作者列夫·库里肖夫命名的剪辑现象——库里肖夫效应，显示了人类从无序的偶然中找出意义的能力有多么惊人。库里肖夫将一位演员的脸部画面做了三份拷贝，把它们和三个不同画面剪辑在一起：一碗热汤、一具躺在棺材里的女尸、一个在玩泰迪熊的小女孩。当把这三组片段放映给三位不同的观众观看时，观众纷纷称赞这位演员演绎出了饥饿的人对食物的渴望、儿子对丧母的悲痛和父亲看着女儿玩耍流露出的喜悦之情。

　　这就说明，剧本的叙事形式必须是高度结构化的，以保证电影的每一秒都在讲故事。编剧必须从所有可能发生的动作中做出精妙的选择，主人公做出能直接影响故事因果的关键性抉择，并且动作的结果会让主人公的世界在一个全新的轨迹上发展。严谨的结构铸就有力的剧情，剧本中的情节不是现实生活，而是经过提炼的生活；它不是简单的现实，而是更有力量、更具戏剧性的现实，因为它剔除了所有多余之物。

[①] Kinema, A Journal For Film and Audiovisual Media, Fall 1985。

Time
（时间）

没有什么类型比动作冒险片更能引领我们飞向超现实世界的了，因为它充满意想不到的离奇事件，非凡的人物要在这些事件中展开行动。虽说故事的实际环境可能是我们所熟悉的安全之所，但却遭遇战争、灾难、社会剧变、致命袭击等严峻的考验，使得该环境抽离于我们的日常个人体验。因此，如果剧本要让观众相信这个经过夸张处理的世界，就特别需要编剧对事件进行严苛的选择，对时间进行艺术化的压缩。

虽然严谨的结构是剧本最关键的要素，但即使是经过精心编制的重要事件，如果它们只是简单地摆放在一起，并不能保证可以成为一个令人信服的故事。以诺曼底登陆过程中的事件为例：给船队、士兵、军用品编号；统计死亡人数；在地图上标出占领之地。总的来说，这些都是非常了不起的成绩，只需念一念这些数据，就能让所有见证过这场英勇战役的人们热泪盈眶。然而事实本身是缺乏情感的，所有数据加在一起也比不上一个会讲故事的人给予的叙事体验。纪念的眼泪怎么也比不上有亲身经历的观众对事件的讲述让人动容，哪怕经历是再现的。存在所谓的真实事件吗？当然不存在。没有观众想去死。没人想被开膛破肚，戳瞎双眼，弄得半身不遂，也没人想体验窒息和被吓得两腿发软的感觉。故事不是真实的，它们是对我们所经历的现实的模拟和演绎。

　　当然，为了达到理想的效果，在讲故事的时候还是可以从文体上重新编排故事的开端、中间、结尾。尤其是像《非常嫌疑犯》这种侦探类型的故事，就可以通过将开端、中间、结尾之间的关系打乱来引起观众的兴趣。不管编剧为了某种特别的效果最终打算如何安排时间和事件，故事的实际情节必须要遵守其发生的先后顺序，也就是说这些事件要能够重现连贯的因果序列。如果没有按照合理的顺序安排事件，故事就会在逻辑上出现严重的漏洞，这会让观众感到困惑不安。

　　显然，技巧娴熟的编剧可以利用各种花哨的技巧来安排叙事事件。故事的逻辑绝不会万无一失地经得住各种证据的考验。不过，合理的结构总是能让观众觉得故事似乎是没有瑕疵的，虽然他们后来突然遭遇了希区柯克所谓的"冰箱逻辑"[1]——差点把牛奶泼到床上的那一刻突然意识到主角不可能知道那把枪的存在，因为……

---

[1]　冰箱逻辑（refrigerator logic）首创于希区柯克，在回答关于《眩晕》（*Vertigo*）中马德琳不可思议地从酒店消失的一场戏的问题时，他说这是一场"冰箱戏"——"在你回到家从冰箱中拿出冷冻的鸡块时"才想起来这场戏的逻辑存在问题。冰箱逻辑用于描述故事中非逻辑性的不合理的情节点，但观众在观看电影的当下却意识不到问题的存在。——译注

第五章 动作冒险片的结构

> 写作很容易。你要做的就是盯着一张白纸,直到额头渗出的血滴到纸上。
> ——吉恩·福勒,美国记者、作家

好的故事结构逻辑并不单指精心安排事件,还要有对故事真实性的潜在支持,才能让事件成为现实的载体。扣人心弦的动作冒险片和廉价的枪战戏之间的区别就在于:编剧用处理方式和写作技巧带领着观众一同体验故事的根本动机。编剧很容易被一些浮华的东西迷惑,如充满异国风情的场景,戴着眼罩、操着外地口音、行为古怪的人物,还有需要后勤部门使出大力气才能运作的复杂繁冗的鲁布·戈德堡式[①]的动作段落,它的复杂性连美国国家航空航天局都会感到震惊。尽管这些浮夸的玩意儿十分吸引人,但是滥用这些华而不实的事物有着高昂代价,那就是会耗费观众对银幕故事真实性的信任度。观众在面对故事时只能让自己被动地感到惊吓、兴奋、错乱或激动,即使他们对故事的发展并无明确了解,但他们相信编剧一定知道。作为(对这种信任的)回报,编剧必须让观众永远和故事绑定在一起,这不仅是指时间和空间,还包括故事的潜在含义。

读者对于大师级的剧作家充满信心,因为他写出的每一笔都真实

---

① 美国漫画家的鲁布·戈德堡(Rube Goldberg)创作出一种设计得过于复杂的机械,它的运作过程复杂又费力,而所需完成的工作却非常简单。这种装置被称为"鲁布·戈德堡机械"。——译注

可靠。罗伯特·汤的剧本《唐人街》就巧妙地将感觉转化到了银幕上。大地日渐干涸。褪色的建筑物占据了城市,也压迫着杰克·吉特斯的神经,这位爱管闲事的私家侦探差点丢了他的鼻子。优秀的编剧能用纸上流转的语言创造出类似主题音乐会中装饰音的效果。

开端部分　⇨　**中间部分**　⇨　**结尾部分**

动作冒险片是最坦率的一类电影形式,它几乎就是惩恶扬善的美国道德剧。所以,越是用风格化的润色效果模糊这一浅显的主题,就越会削弱它给观众带来的道德和情绪上的影响。因此,讲述动作冒险故事就是要简单直接、积极向上,就像孕育它的神话一样,除了观众的无条件专注外,什么多余的要求也不要加。

无条件专注?这可不是一个简单的目标。这就需要《编剧的核心技巧》一书中所讨论的"吸引观众的段落",即对开端、中间、结尾的三幕剧结构进行演绎,将其作为引起观众情绪反应的手段。

吸引观众的段落		
开端部分	中间部分	结尾部分
吸引	期待	满足
第一幕	第二幕	第三幕

第五章 动作冒险片的结构

❑ 吸　引　作为编剧，我们可能会以为生动的人物会像吸引我们一样吸引观众。可事实上，相比于人物本身，观众其实对人物所处的困境更感兴趣。当然，创造一个观众可以回应的主要人物是很有必要的，不过以戏剧化手段挖掘人物的自我概念和内在需求之间的冲突会需要大量时间。影片开始时，观众真正想知道的是：这是一个关于什么的故事？主人公到底怎么做才能摆脱这个烂摊子？《纳瓦隆大炮》通过陈述的方式为故事设置了一个看似不可能但又必须要完成的任务。如果要拯救英军登陆部队的数千名士兵，就必须摧毁安装在希腊岛上的德国海军大炮。

中队长霍华德·巴恩斯比
根本做不到，至少从空中是不可能的。

空军准将詹姆斯·詹森
你确定吗，中队长？这很重要。

中队长霍华德·巴恩斯比
我的生命也很重要，至少对我来说是这样。还有对这些坐在这儿的家伙，以及我们昨晚失去的十八名士兵来说，他们的生命也很重要。长官，你瞧，首先那个该死的要塞在一个该死的峭壁上，那个峭壁非常险峻。根本就看不到那该死的山洞，更不用说该死的大炮了。而且我们根本就没有足够大的炸弹可以把那些该死的岩石击碎。这就是该死的事实，长官。

☐ **期　待**　通过不断升级主角和反派之间的矛盾，编剧可以增加故事的戏剧张力，观众也在不断期待更多更有趣的事情发生。然而，有趣的元素不光是杂乱的人物动作行为。仅靠动作是不可能构建戏剧张力的。不论是撞汽车还是枪战，不论动作段落有多么激烈，它们的戏剧性都是非常薄弱的。如果动作没有产生结果，就等于什么也没发生。戏剧张力的建立是由于动作并没有带来人物以及观众所预料的结果。因此，为了预测未知的结果，人物必须做出新的决定。让观众感到兴奋的是这种对未知的关心。

在《职业大贼》中，里科和他组建的团队在赫苏斯·拉扎的要塞周围设计了几条进攻路线，好让这些悍匪以为是联邦部队在进攻他们。混战之中，里科和多尔沃思一起潜入玛丽亚·格兰特的住处，打算将她绑回他们的雇主身边。然而就在这时，他们看到拉扎来到玛丽亚的卧室，并且发现绑架者和人质之间并不存在他们以为的绑架关系。

> **多尔沃思**
> 朋友，我们被耍了。

就在此刻，主人公所相信的事物和观众对故事的理解被彻底颠覆了。里科本可以取消任务，打道回府，但是这样的话就违背了人物性格。相反，他们选择履行契约。敬业的责任感带来了故事的后续事件，并为冲突提供了一种令人满意的解决方案。

☐ **满　足**　因为主角的动作并没有带来他所预期的结果,并且一般而言反派也总是比主角强大,所以主人公必须克服内心恐惧等内在障碍,以解决第一幕中将观众深深吸引的外部困境。也只有通过这种方法才能使观众在第二幕建立的期待得到满足。不同于生活中乏味的纷扰,现在观众看到的是一个具有开端、中间、结尾的完整故事,并在善变的现实之中找到了意义。

电影《全金属外壳》(*Full Metal Jacket*)颇具讽刺性的最后一幕中,夜晚的城市在熊熊烈火中燃烧,火光映射出美军陆战部队的身影,他们的歌声更加反衬着他们炼狱般的生活。

> **陆战部队(旁白)**
> 这个专门为你我打造的俱乐部,谁是它的头领?米——老——鼠。嘿,你好。嗨,你好。哦,你好。我们欢迎你。米——老——鼠。米老鼠,米老鼠。让我们永远高举着旗帜。高举,高举,高举。让我们高歌一曲,加入欢乐的盛宴。米——老——鼠。

我这一生都在审视自己所写的文字,就仿佛是我第一次看到它们那样。

——欧内斯特·海明威

人们往往轻视剧本的基本结构，把它看成是规范性的大纲，但事实上剧本结构并不是单调、毫无变化的进行曲，相反，它是富有节奏感的舞曲，挑逗着观众的心灵。只要编剧关注观众对吸引、期待、满足的需求，就能把第一幕、第二幕、第三幕这些笼统的分类转化成更小的单元，为观众设计故事的发展。就像庭审律师需要用证据佐证其观点，科学家需要研究数据支撑其假说一样，编剧必须通过从头至尾的情节让观众身临其境，沉浸在故事里。

✎ 作战顺序 ①

所有类型的电影都由三幕剧组成。虽然较之精确的结构顺序，有的剧本会更注重总体的戏剧效果，侧重于某一幕，但三幕式结构是所有好故事都不可或缺的甲胄。不过，只有教科书式的结构也不能够写出好剧本。就像虽然石匠使用的都是一样的建造技术，但却可以使用砖块、大理石、砂岩、河岩等完全不同的材料实现不同的效果。同样，故事结构下潜藏的故事特性可以为叙事提供各种不同的空间。因此，以下所述的各要素和《编剧的核心技巧》一书中所对应的各要素之间的名称并不一致。这两本书中所列出的要素都说明了同样的戏剧结构功能，只是以下所列要素

---

① 作者在此借用军事行动中的作战顺序的步骤来结构动作冒险片的必备要素。——编注

的特点是专门针对动作冒险片的。

☐ 任务简报

过去发生的某一事件为目前的故事建立了条件。由于动作冒险故事的情节通常并不复杂，因此一般不需要做过多"任务简报"就可以展开叙事。通常，一两句台词就能够建立一个基本困境以及要为解决这一困境做出行动的必要性。一开始，为了让故事展开，观众需要知道为什么会发生这样的事。如果有需要的话，我们还有足够的时间在后面的剧情中慢慢填充故事背景。在电影《火烧摩天楼》(*The Towering Inferno*)中，消防队长迈克尔·奥哈洛伦（史蒂夫·麦奎因饰）大喊："那里起火了！我们得把那些人救下来！"观众知道这些就够了，故事就能进行下去。至于高楼着火的原因——建造这所房子时偷工减料，则放在后面补述。

詹姆斯·卡梅隆就尽可能使用最简洁的任务介绍来作为《终结者2：审判日》(*Terminator 2: Judgment Day*)的开场。影片在一段叙述平实的旁白中开始，坏的终结者要前来杀死约翰·康纳，而好的终结者则会前来营救他。就像约翰的母亲萨拉所道破的那样："唯一的问题就在于谁先找到他。"

用闪回来进行任务介绍是最糟糕的方式，虽说闪回可以实现很好的效果。为了回到过去对之前的情况做充分的交代，新手编剧往往会打断观众正在观看的故事。于是，等到编剧把过去的事情交代完毕，观众早就把他们本来应该看的那个故事抛之脑后了。在做"任务简报"时，技巧娴熟的编剧会严格遵循写作基本法则：

- 故事情节是否一定要求观众掌握这些资料，才能让故事动作得以展开？

- 如果观众必须掌握这些资料，那么最简单的阐述方式是什么？这些情况介绍能不能附加在故事的动作中？

负　重

不论主人公多么英勇无畏，他总是需要背着包袱上战场。主人公的某些不成熟的品质需要经过戏剧动作的检验。电影的独特之处就在于它可以让我们沉浸在逼真的银幕世界中，通过这种方式体验主人公经历的磨难。我们以为的人物所背负的重担是指缺少某种特质，比如面临危险时的勇气，而实际上，他们所负重的更像是没有填充的框架、未经考验的价值。只有通过与外来反派的对抗，这些价值才能得到考验。作为道德剧的动作冒险片的吸引力之一就是，它不仅清晰地阐述了善与恶的考验，而且因为观众与主角紧密相连，所以也能借机反思我们自己的价值观。

以电影《祖鲁战争》(Zulu)为例，迈克尔·凯恩扮演的陆军中尉冈维尔·布罗姆黑德是一位优雅、受过上流社会教育的绅士军官。然而意外地,他遭到了成千上万名训练有素的非洲当地土著祖鲁人的进攻,与此同时他的出身还要求他保持临危不乱的风度。就像受到了某种启示,这位年轻的中尉不仅承担起了他的职责,还展示出了英明的领导能力和难得的英勇。但是战役胜利之后,当布罗姆黑德和他的合作指挥官约翰·查德(斯坦利·贝克饰)一起检视堆积如山的尸体时,他果决的上层社会的行为法则受到了来自残忍屠杀的考验,他流露出掩藏在无畏勇气背后的其他情感。

中尉约翰·查德
你打赢了你的第一仗。

中尉冈维尔·布罗姆黑德
是不是每个人打赢之后都会有这种感觉?

中尉约翰·查德
什么感觉?

中尉冈维尔·布罗姆黑德
恶心。

中尉约翰·查德
你得活着才会感觉到恶心。

> **中尉冈维尔·布罗姆黑德**
> 你问我,那我就告诉你,还有些别的东西——我觉得羞耻。你当时也这么觉得吗?第一次的时候?
>
> **中尉约翰·查德**
> 第一次?你认为我还能不止一次地承受这杀戮?

《纳瓦隆大炮》则用一种不同的方式来描述格利高里·派克饰演的基思·马洛里上尉心中激烈的道德博弈。马洛里上尉是熟练的登山运动员,他被招募为精英突击队的一员。这支队伍的任务是:破坏被纳粹安置在其占领的希腊岛屿上的坚不可摧的大炮。马洛里的任务是引领队伍爬上悬崖,这样他们就能偷偷地潜入城中。但是他们的指挥官罗伊·富兰克林(安东尼·魁尔饰)少校在攀登时弄伤了自己的腿。为此,马洛里必须接过领导权,并决定如何处置这位身受重伤的朋友。原著小说作者阿利斯泰尔·麦克莱恩和编剧卡尔·福尔曼用两个不同立场的角色来勾勒马洛里所背负的"重担"。为了打败非正义的敌军,战争中人们可以为了正义的目的而放弃一般的道德约束吗?一边是实用主义的希腊上校安德烈亚·斯塔夫罗斯(安东尼·奎恩饰),他认为为了事业而牺牲是天经地义的;另一边是下士米勒(戴维·尼文饰),他自称只忠诚于人而非某种原则。

下士米勒

据我们所知,他里面也受伤了。他需要正规的药物治疗。

上尉基思·马洛里

你有什么建议?

下士米勒

如果我们把他留在这儿,德国人会照顾他。他们会这么做的。

列兵"屠夫"布朗

他们会送他去医院的,长官。如果没有磺胺来治他的腿,他就没希望了。

上尉基思·马洛里

当然,你们为富兰克林少校考虑了很多,我也是。我们有两个选择。要么我们带他一起走,如果他没能得到救助就会死掉;要么我们把他留在这儿,那样的话德国人就会知道他们想要的一切信息。

下士米勒

罗伊!他绝不会的。

上尉基思·马洛里

他身不由己。除了磺胺,还有别的药。

> 只要给他打一针东莨菪碱①,他就会将我们的计划全盘说出,一字不落。
>
> **上校安德烈亚·斯塔夫罗斯**
> 当然还有第三种选择。一颗子弹,对他和我们都好。如果你带着他一起走,我们所有人都会被连累。

☐ 首次作战

动作冒险片的开场通常是某一天主人公所在的世界遭到了威胁,主人公别无选择,必须马上亲自展开行动应对危机,否则就会产生严重的后果。在《虎胆龙威》系列的第一部中,大厦里只有警探约翰·麦克莱恩(布鲁斯·威利斯饰)一人没有立即被汉斯·格鲁伯(艾伦·里克曼饰)和他的团伙所掌控。如果约翰是一个普通人,他很可能就会像我们一样——躲起来等待危机结束。但这个麦克莱恩不是普通人。首先,约翰·麦克莱恩是一名警察。受过训练、有责任感、把警察作为天职的麦克莱恩绝不可能坐以待毙,他必须对危机做出回应。其次,麦克莱恩分居半年的妻子现在正和她的同事们一起被冷血杀手作为人质。麦克莱恩别无选择——他必须承担职责,与敌人作战。

---

① 东莨菪碱属于生物碱,在临床作为镇静药物使用。——编注

❏ 不可能的任务

影片最初的危机迫使主人公必须完成一个具体的目标／一项不可能的任务，如摧毁敌军重镇、以寡敌众坚守阵地，或让主人公弄到某样物品、占领某块领地等。一开始这个具体的目标看上去不一定显得很重要，但它确实是保卫这个危机重重的世界的关键环节。《夺宝奇兵》(Raiders of the Lost Ark)中，印第安纳·琼斯奉命寻找传说中的犹太圣物"失落的约柜"。尽管圣物象征着巨大的精神力量，但它本身并没有实际价值。剥离了"二战"背景和纳粹为了他们的邪恶目的而对这个宝物产生的狂热探寻的话，印第安纳·琼斯的追求无非就是对个人荣誉的追求。是这种为了不让宝物落入坏人之手的博弈才让他的目标充满意义。

事实上主人公的目标甚至有可能改变故事的演进。主人公最初的目标可能是错误的，甚至是自私的。但是动作冒险片的道德系统要求主人公在最后时刻必须实现一个有价值的目标。电影《绿宝石》中迈克尔·道格拉斯饰演的杰克·科尔顿是一个捣蛋又不合群的家伙，要不是因为想通过某种方式得到心形绿宝石，他才不会对琼·怀尔德（凯瑟琳·特纳饰）的处境那么上心呢。然而，在故事演进的过程中，杰克的目标从贪财转变成了关怀，他爱上了琼，开始真正关心琼和她姐姐的安危，这时目标就变得有价值了。本着喜剧动作冒险片的精神，杰克最终既设法得到了金钱，又抱得美人归，这当然是对现实生活的美化。

☐ 侦察准备阶段

如果目标轻易就能实现，那就没有故事可言了。在动作冒险片中，即使行动已经迫在眉睫，主人公要做的第一件事仍然是为目标的达成设计一套战略，整合资源、设备以及专业团队。事实上，对于许多动作冒险片来说，准备阶段是必不可少的，它会占据大量时间。这样的设计在其他戏剧形式中就会显得失衡。

以影片《十二金刚》（*The Dirty Dozen*）为例。故事的大部分时间都在讲，为了尽可能多杀几个纳粹将领，怎么用一群罪犯来组建一个军事小组。正如我们后来所见的，该准备阶段为后面的围剿建立了张力，这一叙事轨迹是动作冒险框架结构的重中之重。

☐ 目标获取

戏剧就是冲突。如果没人和主人公作对，观众就不会有所期待。故事必须要设计一种外部力量——一位比主人公更凶狠、更强大、资源更多的反派。他的任务是阻止主人公实现目标，因为他要么和主人公一样想实现同一种目标，要么截然相反。虽然和那些讲述寻找个人完整性的故事中所出现的多面性人物相比，动作冒险片中的人物相对简单，但他们也不应该是单向度的"纸片人"，对于反派来说尤其如此。编剧往往会错误地把反派刻画成扁平、愚蠢的人物，他们只不过是对利益垂涎三尺的变态狂，除了无来由的邪恶之外什么动机也没有。事实上，考虑到主人公需要一步一步地实现某个有价值的目标，他必须遭遇一个旗鼓相当的对手，这个对手不仅值得让他付出最大的努力，更重要的是还能迫使主人公解决其关键性的个人问题。在乔纳森·亨斯利编剧的《虎胆龙威3：纽约大劫案》(Die Hard: With A Vengeance)中，反派西蒙·彼得·格鲁伯和他带领的前东德恐怖组织就有一个相当真实甚至引人同情的目的。

> **西蒙·彼得·格鲁伯**
> 昨天，我们是一支没有国家的军队。
> 明天，我们要能决定买下哪个国家。

❏ 任务汇报

反派角色比主人公更有力量，所做的准备也更加充分，因此反派毫无疑问会获胜。主人公所有的计划和准备都失效了。他被打败了，除了自己以外他一无所有。在这个戏剧的低潮时刻，主人公必须面对他的软肋——那些一直被他掩藏的恐惧、怀疑和不忠。动作冒险片的主人公不是天真的浪漫主义人物，他必须直面死亡，将承诺投入实践。在电影《独孤里桥之役》(The Bridges at Toko-Ri)中，被迫降落的海军上尉哈里·布鲁贝克（威廉·霍尔登饰）和前来营救的直升飞机驾驶员迈克·福尼（米基·鲁尼饰）被朝鲜军队包围在敌人的防线后面，他们已经没有可能活过当晚了。

> **迈克·福尼**
> 你知道怎么用卡宾枪吗，长官？打开保险，扣动扳机，就能自动射击了。
>
> **上尉哈里·布鲁贝克**
> 我是从科罗拉多丹佛市来的律师，迈克。我很有可能什么也打不到。
>
> **迈克·福尼**
> 天哪，那你怎么离开这糟糕无比的地方。
>
> **上尉哈里·布鲁贝克**
> 我也一直这么问我自己。

与其他自我启示类电影不同的是，动作冒险片的主人公必须决心接受必死的可能。在《终结者2》的倒数第二幕中，终结者T-800和约翰以及约翰的母亲萨拉站在脚手架上，底下的熔炉里翻滚着熔化的金属。此时，T-800意识到被投放到人类世界的恶魔也包括他自己。约翰拿出第一代终结者仅剩的遗物，一只金属手臂和一块电脑控制芯片，他将它们扔到熔炉中熔化成灰烬。

萨拉

结束了。

终结者

不,还有一个芯片。

T-800 用他的金属手指指自己的脑袋。他和萨拉对视,他们两个人都意识到 T-800 必须做出牺牲。约翰突然明白了他的意思。

终结者

我要走了,约翰。我们必须得结束这一切……否则未来还会发生。

约翰

不要这么做。请不要走。

终结者把手放在约翰的肩膀上,他稍微挪了一下,光照亮了他人类的那半边脸。他摸了摸约翰的脸,金属手指碰到了约翰脸颊上流淌的眼泪。

终结者

现在我知道你为什么哭了,尽管这是我永远无法做到的事情。

他转身,跃入熔炉。

在某些情况下，把死亡作为人类精神的一部分是可以接受的。在《原野奇侠》(Shane) 中，艾伦·拉德饰演的漂泊者肖恩答应为了农民的利益与残暴的枪手杰克·威尔逊（杰克·帕兰切饰）作战。他不仅用生命冒险，还放弃了他本可以在宁静社会中生活的权利。

> **肖恩**
> 我得走了。
>
> **房主的儿子乔伊**
> 为什么，肖恩？
>
> **肖恩**
> 每个人都有自己要做的事，乔伊，你没法改变这个模式。我试过改变，但发现不行。
>
> **房东的儿子乔伊**
> 我们需要你，肖恩。
>
> **肖恩**
> 乔伊，你没法背着条人命生活，杀了人是无法回头的。对与错是一种标签，这标签就像烙印，没有回头路可走。

在《全金属外壳》中，当小丑（马修·莫迪恩饰）被迫在近距离给已经受伤的越南狙击手致命一击时，这场在越南的战斗也就成了他梦想幻灭的墓志铭。小丑和陆战小分队进入燃烧着的大厅追踪狙击手,这幢建筑物以前可能是一座装饰华丽的酒店。小丑小心翼翼地潜入房间,以大理石梁柱作为掩护,直到他看到窗边上站着一个瘦小的黑色身影。他举起来复枪,瞄准狙击手的后背,但是他的枪卡住了!狙击手迅速地转过身,与小丑面对面,原来那是一个身材娇小、面容姣好的越南少女。在小丑焦急地捣鼓他的 M-16 步枪时,狙击手的 AK-47 突击枪击中了小丑前面的柱子,顿时砖石粉末四溅。她移动着寻找最佳射击位置,但是一串子弹突然击穿了她的身体。

拉夫特曼给 M-16 步枪装上另一个弹夹,指示小丑待在原地。接着他移动到窗边对着广场上的队员大喊。

拉夫特曼
我们击中狙击手了!

狙击手躺在地板上痛苦地翻滚。
小丑和拉夫特曼小心翼翼地靠近,拉夫特曼把她的 AK-47 步枪踢到一旁。
他们简直不敢相信自己的眼睛:这个狙击手最多不会超过十五岁,是一个拥有美丽的黑色瞳仁的欧亚混血小女孩。
浪荡妈妈招呼房间另一边的队员过来。

> **浪荡妈妈**
> 小丑?
>
> **小丑**
> 嗯。
>
> **浪荡妈妈**
> 怎么啦?
>
> **小丑**
> 我们击中了狙击手。
>
> 拉夫特曼和小丑围着狙击手转圈,丹伦、T.H.E. 罗克、浪荡妈妈走上前来。
>
> **拉夫特曼**
> 我救了小丑一命,我射中了狙击手,我把她打穿了。
>
> 拉夫特曼发狂般地笑了起来,亲吻着他的步枪。
>
> **拉夫特曼**
> 我是不是很坏?是不是一个索命者?是不是一个让姑娘伤心的坏蛋?
>
> 狙击手大口喘着气,喃喃自语着。丹伦看着她。
>
> **丹伦**
> 她在说什么?
>
> **小丑**
> 她在祈祷。

T. H. E. 罗克

这女孩无法为我们提供"服务"了[1]。

我们也无能为力,她肯定会死。

浪荡妈妈

好吧。我们赶紧走吧。

小丑

她怎么办?

浪荡妈妈

去她的,让她烂在这儿。

狙击手用越南语祈祷。

小丑

我们不能就这么把她留在这儿。

狙击手

(声音微弱)

射……射……射死我,射死……我。

浪荡妈妈

如果你想杀了她,那就杀啊。

狙击手

(喘气)

射死……我……射死……我。

---

[1] 原文中将越南女孩称为"babysan",即"宝贝桑"。这个词最早出现在20世纪50年代美国驻日时期,源自美国艺术家比尔·休姆(Bill Hume)创作的漫画形象,指代为美国大兵提供性服务的黄种女孩。——编注

> 小丑举起手枪,看着她的眼睛。
>
> **狙击手**
> 射死……我。
>
> 小丑扣动扳机。砰!
> 四人陷入了沉默。
> 小丑盯着死掉的女孩。
>
> **丹伦**
> 狠心啊,哥们儿。真他妈狠心。

☐ 坚守价值

对于主人公和反派来说,外在的目标在当下变得更加重要了。为了维护社会道德原则,反派已经将主人公逼到绝境。如果主人公没有完成任务,就会蒙受巨大的损失。因为主人公的行动不仅影响了主人公自己,还会对持有同样价值观的社会造成影响。

反派也需要完成一个对他所在的对立社会而言具有价值的目标,这一点同样重要。在《突出部之役》中,罗伯特·肖饰演的德军装甲部队指挥官马丁·黑斯勒上校向处于震惊中的下士解释,为什么即使德军失利已成定局时他仍然要继续战斗。

上校马丁·黑斯勒
我们的坦克是开得最远的，所有的德国人民都在看着我们，元首会亲自给我颁勋章。我们做到了，康拉德，我们做到了。

下士康拉德
那也就是说我错了，我们会赢得这场战役。

上校马丁·黑斯勒
不。

下士康拉德
我们输了？

上校马丁·黑斯勒
不。

下士康拉德
我不明白。我们既没有赢也没有输，到底是怎么回事？

上校马丁·黑斯勒
最好的事情可能正在发生。仗还会继续打下去。

下士康拉德
要打多久？

> **上校马丁·黑斯勒**
> 永远。一直一直打下去。
>
> **下士康拉德**
> 但仗肯定是会打完的。
>
> **上校马丁·黑斯勒**
> 你这个傻瓜,康拉德。我们 1941 年就心知肚明了,这仗我们赢不了。
>
> **下士康拉德**
> 上校,你是说,三年来我们一直在打一场没有胜利希望的仗吗?
>
> **上校马丁·黑斯勒**
> 胜利有许多种。对于德国军队来说,是生存。对于我们来说,是保住这身军装,这就是我们的胜利。康拉德,毕竟这个世界还不能除掉我们。

❏ 决战时刻

主角和反派谈和是不可能的,他们必须战斗,并且只有一方能赢。这是动作冒险故事的关键时刻,只有通过这种方法展开戏剧冲突才可能让观众得到满足。

☐ 联合起来

在大多数动作冒险片中，主人公都会打败反派角色，而且还能因为他的英雄行为拯救社会。《非洲女王号》中查利和罗茜在绞死之前结婚并不仅仅是巧合，《宾虚》(Ben-Hur)中的朱达、《空中监狱》中的卡梅伦·波以及《虎胆龙威》中约翰·麦克莱恩回到家庭之中，这都不只是巧合。他们不仅在更大的社会中赢得了自己的位置，还让观众感到了一种愉快满足的归属感。即便是《祖鲁战争》中的布罗姆黑德也超越了他的精英阶层，来到了一个由普通人组成的新连队、新家庭之中。

因为观众对电影投入了大量情感和时间，他们希望主人公能获得成功。如果主人公没有完成任务就死了，观众就不能得到满足——除非主人公不是为了一个普通的目标，而是为了一件伟大的成就牺牲了自己。虽然电影《勇敢的心》和《萨帕塔传》(Viva Zapata!)中主人公死了，但他们的死亡变得更有意义，因为他们是被邪恶的反派当众处死的。这些寓言故事重要的社会性价值在于主人公已经超越了人类身份，成为拥有精神力量的救世主。他们的死是神圣的，他们的地位比普通人更尊贵。

未来不过就是一件接着一件倒霉事。
——温斯顿·丘吉尔

每一种具体的电影类型都会让观众对它的内容和意义产生相

应的期待，编剧不仅需要知道如何把散落的元素排成一个段落，构成结构完善、清晰连贯的情节，还需要知道如何用多个部分构成的完整剧本，给观众带来整体性的影响。由一个或几个结构性元素引发的任何一场戏，都有可能给观众留下难忘的印象。阿尔弗雷德·希区柯克的《惊魂记》(Psycho)中浴室杀人的场景让很多女性好几年不敢去浴室洗澡。同样的例子还有电影《霹雳钻》(Marathon Man)，纳粹牙医塞尔（劳伦斯·奥利弗爵士饰）折磨巴贝的场面是如此让人难受，即使不看电影，光是回忆这一场景就能让人毛骨悚然。有时候，一句简单的台词就能把整部电影的故事带出来。

> **中校比尔·基尔戈** ①
> 我喜欢闻弥漫在清晨空气中的汽油弹的味道。
>
> **哈里·卡拉汉** ②
> 来吧，让我开开眼。
>
> **教父** ③
> 我会给他开出一个无法拒绝的条件。

不过，有没有看头是评价一部动作冒险片好不好的标准，有

---

① 出自约翰·米利厄斯、弗朗西斯·福特·科波拉、迈克尔·赫尔编剧的《现代启示录》(Apocalypse Now, 1979)。
② 出自约瑟夫·斯廷森编剧的《拨云见日》(Sudden Impact, 1983)。
③ 出自科波拉、马里奥·普佐编剧的《教父》(The Godfather, 1972)。

看头的电影从影片开场到故事展开的各个阶段都能推动观众前进。一个好的编剧必须培养出一种职业本能,他不但要知道故事的走向,还要像跟踪弓箭飞行的弧线一样,知道故事应该在何时改变走向。

叙事轨迹

弓箭飞行的起点是弓箭手的弓,根据射箭的角度和经验常识,我们基本上能判断箭的落点。编剧对故事叙事轨迹的职业本能,类似于用一个戏剧性引子让故事开始。当观众的期待达到最高点,故事如约得到解决,箭头也就射向了地面。编剧掌控着观众所信赖的叙事轨迹弧线,编剧的故事线会让观众安全地沉浸在虚构的时间和空间中,并得到最终的满足。

动作冒险片的故事通常开场就引入(或者很快形成)一个围困局面或一个高压对峙局面,好、坏元素会立刻展开对抗。

- 电影《现代启示录》中,美军上校库尔茨(马龙·白兰度饰)在越南河流的上游建立了一个属于自己的非法王国,于是上头派本杰明·威拉德上尉(马丁·辛饰)前往围剿库尔茨上校,这个不可能的任务和美军围剿越南本身一样疯狂。

- 电影《原野奇侠》中,神秘的陌生人来到边疆,那里住着勤劳的农民,但他们被牧场主派来的以杰克·威尔逊为首的凶残的枪手们包围，并被威胁离开这片土地。

- 电影《正午》中，当威尔·凯恩焦急地等待前来向他复仇的枪手时，小镇居民就躲在自己设置的防御设施里。

- 电影《豪勇七蛟龙》中，墨西哥小村庄的农民们只能任由劫匪摆布，做牛做马，直到他们被七位英雄拯救。

- 电影《战场》（*Battleground*）和《突出部之役》描绘了在阿登高地的战役中盟军抵抗纳粹出其不意攻击的情景。

- 电影《十二金刚》《纳瓦隆大炮》和《遥远的桥》（*A Bridge Too Far*）也都对德军牢不可破的要塞进行了包围，实际上每一部关于第二次世界大战的动作冒险片，如《最长的一天》（*The Longest Day*）和《拯救大兵瑞恩》都在讲述对欧洲要塞（也就是纳粹所说的"Festung Europa"）的围剿。

事实上，正是紧张的围困局势让动作冒险故事中的事件变得扣人心弦。一般情况下，背景介绍十分简短——谈判等一切和平解决的方式都已破裂，于是急切需要一项直接有效的行动来打破僵局。这一严峻的冲突设置了一个目标，而这一目标反过来决定了需要采取的行动的类型和强度。这样一来，就像紧绷的弓积蓄了大量的势能一样，戏剧张力的顶点可以让情节的实际动作"啪"的一下准确到位，让主人公和反派之间不可避免地发生冲撞。他们在故事的"追逐"中发生冲突。在动作冒险片中，"追逐"可以包括主人公和反派之间为了利益而进行的字面意义上的追逐，但决定性的"追逐"是指片中将对方置于死地的全面战斗。

电影《盗火线》(*Heat*)就在罗伯特·德尼罗饰演的超级罪犯尼尔·麦考利和阿尔·帕西诺饰演的疯狂警探文森特·汉纳之间设立了紧张的围困局面。他们相互较量，直到最后关头通过危险而小心翼翼的追逐置对方于死地。罪犯与警察，这一对死敌一度在一间饭店面对面坐下，他们坐在一群普通人中间，像正常人一样喝起了咖啡。但这两个人绝不是普通人。对于他们俩来说，暴力就是他们的职业，而且他们直言不讳地承认会一直这样做下去。

尼尔
这是正常的生活。那你的生活呢？

文森特
我的生活。不，我的生活？不，我的生活一团糟。我有一个不听管教的继女，因为她的亲生父亲是一个大混蛋。我有一个老婆，但我们的婚姻在走下坡路。这是我的第三次婚姻。因为我把所有的时间都花在追逐你这种老奸巨猾的家伙身上了。这就是我的生活。

尼尔
有人曾经跟我说，千万不要被任何事物牵绊，要能做到一旦感觉到街角有警察盯梢，在 30 秒内就可以脱身的程度。现在，如果你想捉我，你就得被我的行动所牵动，这种情况下怎么能指望维持婚姻呢？

文森特
有点意思。你是什么人？修道士吗？

尼尔
我有个女人。

文森特
你跟她是怎么说的？

尼尔
我跟她说我是一个推销员。

文森特
所以，如果你看到我从街角走出来，你就跟她不辞而别吗？

尼尔
我倒是想说再见，但规矩就是这样。

文森特
这也太含糊了。

> **尼尔**
> 就是这么回事,要不我们就都找点别
> 的事情做吧,兄弟。
>
> **文森特**
> 别的事情我干不来。
>
> **尼尔**
> 我也不会。
>
> **文森特**
> 而且,我也不想干别的事情。
>
> **尼尔**
> 我也不想。

在大多数动作冒险片中,围困局面在第二幕或第三幕被打破,故事变成了迫使主人公和反派面对面决一死战的追逐段落。相反,大多数惊悚片从一开始就由追逐推动叙事,主人公被不可避免的危机持续威胁,故事被限定在某个具体的空间中,直到最后关键性的围攻时刻来临,此时,被逼至绝境的主人公已经一无所有,只能背水一战。

基本的叙事轨迹的形成是电影开场危机后自然而成的典型结果,扣人心弦的事件吸引着观众投入地观看故事。接下来会发生什么?他们如何摆脱危机?以惊悚片为例,如果在影片开场时主人公遭到不明原因的追杀,那么人物的自然反应就是感到恐惧、困惑、慌张，并想逃走。这样一来，追逐的叙事轨迹马上就建立了。《西北偏北》中，罗杰·桑希尔（加里·格兰特饰）被政府机构误会，遭到一群间谍的追杀。他对自己被追杀的原因一头雾水，而且他与那些包括警察在内的可能相信他受到威胁的人都切断了联系。因此，桑希尔采取了任何一个普通人都会采取的理性行为——逃命。但是，搞阴谋的人决意要找到他，桑希尔跑不远也跑不了，所以他最终必须扭转被间谍围困的局面。

在《秃鹰七十二小时》中，罗伯特·雷德福饰演的乔·特纳是美国中央情报局的基层探员，他吃完午饭回来工作时发现办公室里所有的人都被残忍地杀害了。这时已经没有时间让他待在那儿想到底发生了什么，他只能赶紧逃命。后来，他的足智多谋使前来追捕的中情局工作人员屡屡失败，并最终揭露了他们恶毒的阴谋。

另一方面，如果主人公和被围困的世界很快就要被超级大反派毁灭，那么巨大的焦虑就会激发出动力，甚至聚集起足以扭转局面的爆炸性力量。

在电影《虎胆龙威》和《虎胆龙威3：纽约大劫案》中，警探约翰·麦克莱恩是站在被围困的大楼里与诡计多端的武装罪犯对峙，成了唯一的正义捍卫者。麦克莱恩必须先阻挡他们的进攻，然后再凭借一己之力反败为胜。

在电影《锦绣山河烈士血》（*The Alamo*）、《北京55日》（*55 Days at Peking*）、《祖鲁战争》以及不计其数的其他动作冒险片中，人物都是在铜墙铁壁的要塞内被包围；而《纳瓦隆大炮》《十二金刚》等其他电影里的人物则必须攻打严防死守的堡垒。在经过漫长的准备，建立起戏剧张力之后，进攻往往演变成激烈的追逐，接着就是为了保护某个物件短兵相接。

如果编剧没有把注意力集中在叙事轨迹的导向上，那么写出来的故事是不可能让观众感到满意的。观众可能无法明确地说出他们的不满之处，也可能很难指明哪一部分让他们印象比较深刻，然而，由于整体叙事轨迹的失衡，观众没法体验到一个好故事所能带来的那种圆满感。

尽管《义海倾情》（*Wyatt Earp*）和《墓碑镇》（*Tombstone*）两部电影的事实叙述很准确，但它们都没能坚守一条稳固的叙事轨迹。这两部电影的中心戏剧冲突是以历史上的枪战，即厄普等人与克兰顿帮之间发生的 OK 镇大决战为背景的。然而，不论这一特殊事件多么具有历史意义，总体来看它并没有成为一个充满戏剧性的好故事。就对空间、时代和事件的现实性描绘而言，这两部电影比 1957 年的票房黑马《OK 镇大决斗》（*Gunfight at the O.K. Corral*）更符合史实。然而，为了追求时代的准确性，这两部影片都偏离了叙事轨迹的要求。它们都没有为这场著名的枪战建构起高潮事件，即双方在最后关头充满戏剧性冲突的决斗。相反，这两个电影版本的厄普传奇都把历史处理得和日常事件别无二致。这就导致故事不能给观众带来逐步增加的紧张感和满足感。

同样地，在《夺金三王》(*Three Kings*)中，主人公不仅偏离了他们可疑的任务，连戏剧轨迹也不停地被与故事毫不相干的事件或人物粗暴地打断。观众一会儿被一个蠢笨记者的笑料分散思路，一会儿又听到一番关于政治的高谈阔论。观众的视线被更适合用于电脑游戏的大量子弹运动特效占据，而故事则完全被抛到了九霄云外。

　　《生死时速》(*Speed*)的编剧格雷厄姆·约斯特说过："我觉得一旦我们上了巴士，就得待在巴士上。我想地铁的镜头可能会给电影加分，但这还是给人一种重复的感觉。当他们从巴士底下出来的时候，电影就应该结束了，那是本片的情绪至高点。"[①] 格雷厄姆·约斯特所谈论的就是《生死时速》这部电影的叙事轨迹。

---

① DAVID KONOW. Action!An Interview With Graham Yost[J/OL].Creative Screenwriting, Vol. 8. No.2, 2001.

第五章 动作冒险片的结构　107

写作练习

- 在过去的三天中，在你身上发生的最重大的事件是什么？找到一份新工作？找到一只丢失的袜子？开始了一场新的恋情？救起一只小狗？给你最好的朋友写一封信，只描述过去三天中能直接有效地导向那个重大事件的行为。

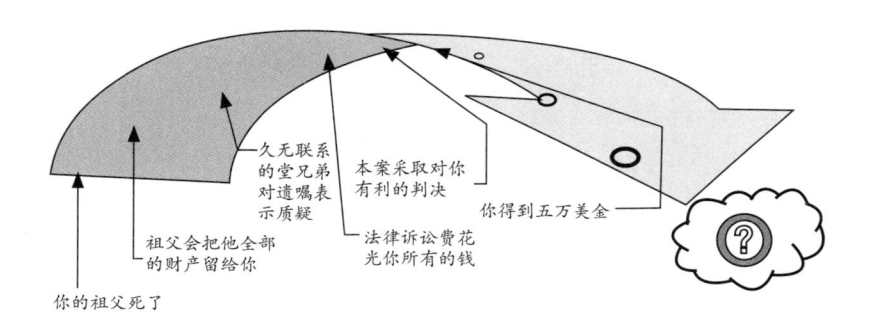

（图示：你的祖父死了 → 祖父会把他全部的财产留给你 → 久无联系的堂兄弟对遗嘱表示质疑 → 法律诉讼费花光你所有的钱 → 本案采取对你有利的判决 → 你得到五万美金 → ?）

- 为你去年到明年的生活画一张叙事轨迹的图表。
  - 选择一个定位点作为你个人戏剧的开始，它有没有将你定位在一条可以得到预期结果的特定叙事线上？
  - 标出可以决定戏剧轨迹的特殊事件。
  - 哪里是或将成为飞行曲线的顶点，即最激烈的冲突、张力和冒险的至高点？
  - 你期待十二个月以后你的箭在哪里着陆，即你的个人戏剧将如何结束？

- 你如何证明你的戏剧一定是一年前开始发生的事件的必然结果?
- 如果观众正在看这部电影,他们知道这部电影到这儿就结束了吗?他们是否会对这一结果感到满意?

[第六章]

动作冒险片中的动作

在默片片场总有这么一个经典场景，早期的导演用短马鞭狠狠地拍一下他的大腿，然后大喊一声："开拍！"（Action!）这时摄影师就得拼命地摇动由三脚架支撑着的大型摄影机的手柄。这一场面是如此令人发笑，甚至在某些场合只要说出"开拍"这个词就会让人爆笑不已。在剧本写作中，"动作"（action）这个词表意宽泛，几乎没有明晰的定义，可以表达它词义的相关例子就更少了。仅仅因为一部电影含有把金属弄得砰砰作响的场面是不能把这部片子叫作动作冒险片的。这种打碎、撞击的动作场面可以发生在惊悚片、侦探片，甚至是喜剧片中。事实上，"动作"一词在不同情境下可以包含许多不同层面的含义，因此，我们需要为这个词建构起一张语义学的地图。

🖉 将要发生什么事？——作为决定的动作

　　在最基本的层面上，戏剧性动作（dramatic action）并不是指我们通常认为的动作冒险片特征性的实际动作场面。它指的是在实际动作之前，确保该动作会发生的决定过程。

不管是琐碎的小事还是重大事件，戏剧中的人物就像日常生活中的普通人一样，需要不断地做出选择。人物通过预判这些选择可能会对他们生活造成的影响来决定他们的行为。比如你可能选择去看一场特别的电影，用贷款买一辆车，结婚，或者拒绝帮助某个朋友，不管是出于一时冲动还是深思熟虑，你都在衡量你所做的选择会在多大程度上改变你的生活。显然，越是需要金钱、承诺、时间和精力的事情，越要三思而行。所以，大多数人都希望能够稳稳当当地过平顺的生活。通过做出认为会有好结果的选择，我们为未来做好准备。我们当然知道自己不可能每次都猜中，因此我们仅采取最少、最必要的行动来实现我们的目标。我们很少敢于冒巨大的风险，不仅仅因为这种冒险可能会让我们的财富、家庭幸福甚至人身自由处于风险之中，更重要的原因是：信仰的巨大飞跃会让我们的自我认知产生动摇。一旦猜错，就意味着我们不得不对曾经小心呵护的自我形象重新做出调整，而大多数人都会尽一切可能阻止这种危险的发生。

然而戏剧并不是现实生活，它是浓缩了的经过提炼的生活。编剧为戏剧性人物建构情景，在这种情景下人物的决定会造成重大的结果。但是人物所做的选择并不会产生人物和观众所期待的结果，这一意料之外的结果迫使人物做出另一个不同的决定，这一决定仍然没有产生预期的结果。这种模式一直循环下去，直到主人公和反派的斗争达到焦灼状态，这时，主人公为了解决外部困境，将不得不拷问自己的决定。简言之，主人公要做的艰难决定才是故事的戏剧性动作。人物如果没有这个做决定的戏剧性动作，就没有施行实际动作的动机。这个不可或缺的基础往往被一些次级的动作冒险片忽视，它们没意识到影片把主人公推向无穷无尽的打斗是多么缺乏动机。如果仅仅是一系列特技，那么不管这些特技场面有多么刺激、多么吸引人，它都不具备戏剧性，因为这些所谓的动作场面并不是由决定造成的。其实，什么事情也没有发生。

无事发生——动作的消解

类型关联表最左边的一栏是讲述内心痛苦的电影，它是所有戏剧中最静态、最缺少动作的类型。这种类型在美国电影中相对稀少，它们往往出现在欧洲电影中。该类型多半用高度文学化的形式对人物进行探索。就像小说一样，展现内心痛苦的电影试图展现人物内在的想法和情感。然而，由于大多数情况下人物都在被自身折磨，没有付出任何实际的行动，因此这些电影必须依靠一些不自然的视觉象征。例如，它们会通过表现外部萧瑟的自然风景的长镜头，来体现人物内心的冷峻和压抑；通过镜子、窗户和水面清晰地反射出人物深思的面容；通过画外音叙事的文学手法来阐释人物的思想。世界上有一些最受人尊敬的电影制作者，如英格玛·伯格曼所制作的讲述内心痛苦的电影，就是这一类型的典范。他的御用摄影师斯文·尼奎斯特拍出了让人心醉神迷的影像，英格玛·伯格曼利用这些镜头为该类型创造出了令人难以忘怀的佳作，比如《假面》(*Persona*)和《呼喊与细语》(*Viskningar och rop*)。然而，尽管这些电影充满阴郁的优美，却缺少基本的行动；对我们来说，就是没有"动作"。什么事情也没有发生。

理应发生的事情——没有动作的冲突

美国电影中最普遍的是核心冲突戏剧。一般而言，核心冲突类的电影基本上是由单一空间的舞台剧演绎而来的。像《为黛西小姐开车》(*Driving Miss Daisy*)、《绝地计划》(*A Simple Plan*)、《马文的房间》《浪潮王子》(*Prince of Tides*)等形态各异的电影，都属于核心冲突戏剧。这些电影的原始素材不是来自舞台剧，就是来自小说，它们保留了原体裁作品的内在结构。它们与表现内心痛苦的戏剧相比只有一步之遥，不过，核心冲突戏剧并不把戏剧限定在人物的内心，而是把它放在一间有实际边界的房屋或者其他结构的空间之中。这种空间会让人物对彼此的接近感到不安。虽然这种类型的戏剧会苦心营造一些展示外景的理由，给影片带来一丝新鲜空气，但是该类型并没有一个令人信服的叙事轨迹，非得要求离开影片最初营造的单一空间的情境，把空间拓展到外部。事实上，脱离限制性空间的做法反而会削弱禁闭空间对人物造成的压力。

✏️ 发生某事——作为行动的动作

滑稽的默片导演大喊的那一声"开拍"并不是毫无意义的。首先他要求演员们表演（act），即演员离开自己，进入他们所饰演的角色，相信所演绎的戏剧。尽管这看起来可能是很明显的事，但演员通过训练并要求自身所完成的这一任务是非常微妙、严格和高度情绪投入的。在那一刻，不论他们持有何种表演理念，都必须把自己转变成剧本中的人物。因此，编剧必须要在剧本中为演员提供大量线索，让他们不仅能知道人物显著的外部性格，还能知晓人物的内心活动。

其次，"开拍"要求演员行动，所谓的行动不是让演员在现场漫无目的地从这边移到那边，而是做有目的和方向的移动。有时在排练期间，导演和演员会一起过一遍所有动作，然后导演会排演走位，让演员的动作能与摄影机镜头的位置变化相适应。这是身体和技术、情感和机械之间的复杂芭蕾舞，它最终会为电影带来戏剧性的推进。但是，导演和演员从哪里得知他们要做什么动作呢？

答案是：剧本。如果编剧不把它写出来，他们就只好自己编了。然而，有经验的编剧从来都不会逐字逐句地描绘演员必须做出的动作。"乔治从沙发上站起来，走了六步到了吧台。他用右手拿起一瓶苏格兰威士忌，左手从架子上取下一个酒杯。"没有比这种写法更无聊的了。此外，没有演员会关注这些字面意义上的舞台方位,因为编剧根本不可能知道实际的拍摄环境是什么样子的。或许这一幕的拍摄地从起居室换到了海滩,那么人物如何走到吧台的说明根本就是废话。编剧的技巧不是把场景中的每一个动作都精确地描绘出来,而是要提供行动的动力。把工具交给演员,但不要告诉他们怎么亦步亦趋地行动。应该这样描写这一场面:"乔治呷了一口威士忌。摇晃的酒瓶轻轻地磕了一下酒杯口,发出清冽的声响。"

将要发生某事——作为情节的动作

谈起作为情节的动作,这是动作冒险类型电影最容易被误解的地方,也是许多低成本外国仿制片失败的原因。要制作一部动作冒险片,仅把银幕上的爆炸场面当作动作是远远不够的。实际的动作,即特技场面、追车场面、高空坠落场面等,没有任何意义。它们是用胶片记录下的马戏表演,也许所涉及的技术很高超,或剪辑和摄影很有创意,但除非这些场面推动了故事的演进,否则它们就是在浪费资金和银幕时间。有一群欣赏美国动作冒险片的欧洲年轻人想模仿拍摄这一电影类型。他们显然没有好莱坞大制作那样巨额的预算,但是一部真正优秀的动作冒险片并不是由动作场面的规模和花销决定的。相反,怀着远大抱负的电影创作者会利用他们手头拥有的东西——汽车、枪支、天然的地势和无限的热情。然而不幸的是,这些欧洲年轻人只在美国电影中看到好莱坞豪华的视觉盛宴，并把这些元素错误地当作构成动作冒险片的唯一成分。

甚至有许多在表现形式上和美国动作冒险片非常相似的电影，却轻易地忽视了动作冒险片潜藏的神话逻辑，以及它的有机基础——动作是由棘手的道德困境衍生出的产物。

《兵临城下》(*Enemy at The Gates*)非常形象地描绘了"二战"期间的斯大林格勒战役。影片惨痛的开场准确地演绎出了战争带来的死亡感。对许多观众来说，这部电影让他们第一次意识到那场野蛮的战役所带来的残酷和杀戮。可惜，虽然令人震撼的开头给影片带来了潜力，但是电影的后续部分再也没有超越其开场的冲击力。不像其他优秀的动作冒险片，这部电影从未挑战它的人物，电影中的人物从未为自己的行动做出艰难的道德选择，一次都没有。这就导致这部电影虽然具有历史的准确性，但在行动上却显得重复沉闷，毫无意外，有时甚至无聊透顶。一个名叫瓦西里·扎格采夫的乡下小伙子成了被围剿的红军中最有号召力的人，因为他是一名枪法了得的狙击手，他每天要做的事情就是白天出门杀死德军，晚上带着死亡名单回来。这是他的工作，这个工作比等着他的战友被大炮炸成炮灰要好一些，但也不过就是个计算的工作，例行公事而已，甚至连最亲密的战友死去也没有对瓦西里产生影响。除了影片开头时表现了幼年时的瓦西里对杀戮的犹豫，他几乎从不质疑自己在做什么，以及为什么要这么做。仅有一次，他尝试描述狙击手狙击时的姿势和被狙者倒下的姿势冥冥之中有着相似之处。然而，这种苍白的解释没有任何洞见和自我启示，也没有对瓦西里采取的行动产生什么影响。从主人公的角度上看，他具有引领故事的义务，然而这部影片在情节的动作上从头到尾没有一丁点进展。根本没有什么叙事轨迹可言。什么事情也没发生。

尽管我们用"动作"这个词来指称银幕上追车、枪战、搏斗、爆炸等动作场面（以"固定套路"著称），但这些动作在戏剧性上却是静止的。在这些段落中，不管人物怎么被肢解、摧毁乃至死亡，从戏剧性的角度上看，什么也没发生——除非我们知道这些动作戏的动机，而且动作产生了之前所未能预见的后果并推动了故事的进展。只有发生了事件，情节才会变化。

不费力气写出来的文章读起来往往也是无趣的。
——塞缪尔·约翰逊博士，英国诗人，文学评论家

戏剧中的一切皆由因果的真实而变得鲜活。人物做出的某个实际动作，是因为他想实现某个外部目标。不管他的实际行动有没有成功，都是由他所做出的不同选择决定的。反过来，人物的选择也是其内在需求所形成的自我认知的结果。

想象一下由两个角色构成的简单场景：乔治和玛莎为了生存在丛林中跋涉。乔治发现在路中央和着稀泥的小水塘上方挂了一根藤条。他握住这根藤条向前冲，借力荡到臭水坑的另一边。他

惊奇地发现他成功了，于是他回来抱起玛莎一起越过这个腐臭的水坑。可惜藤条不能承担两个人的重量，这次他们俩都掉进了臭水坑中。这个故事里有什么事情发生吗？没有。观众可能会对乔治的遭遇哈哈大笑，也可能直打哈欠，忍受着这无趣的特技表演，希望能发生一些让人惊喜的事件。通过观看这个场景，观众可能对乔治这个人物仍然一无所知，也可能产生了一些浅显的认识，但观众对玛莎显然不会有任何认知。最要紧的是，不管这是一个什么样的故事，乔治的滑稽表演都没有对这个故事的情节推进产生任何作用。观众不得不猜测乔治闹出这种笨拙笑话的目的是什么，又因为没有证据可以佐证其他的可能性，观众只能假设乔治就是一个非常幼稚和任性的人物，他根本无法承担起他所表演的求生题材戏剧的意义。

在最早版本的《致命武器》中，也有一幕与乔治的杂耍一样毫无用处的场景。警探里格斯（梅尔·吉布森饰）和警员默托（丹尼·格洛弗饰）为拯救跳楼自杀者而偏离了故事的主线。里格斯没有动机也没有义务地将自己牵连进这一自杀事件中，他跑到屋檐，一边把自己和跳楼者铐在一起，一边嘟囔着自己也有自杀倾向。接着，他拉着惊恐的自杀者一起从楼上跳下去。显然，自杀者和观众都没有看到地上已经摆好了一个巨大的气垫。这个毫无作用的场景最糟糕的地方，不是欺骗了跳楼者，而是用下三烂的伎俩来吸引观众。不管故事还是人物都没有因为这个莫名其妙的行为有丝毫进展。什么事情也没有发生。

在电影《断头谷》(Sleepy Hollow)中，警员伊卡博德·克兰和无头骑士在风车内展开一场险象环生的搏斗，克兰和他的伙伴好不容易摆脱了超自然砍头怪，但在逃走时，他们大声说出了长久以来困扰着观众们的疑惑：如果骑士是不能被人杀死的永生鬼魂，为什么克兰还要费尽心思地把它引诱到风车里决斗呢？这个问题很好，唯一的答案就是：这场戏的发生仅仅是为了糊弄观众，电影创作者们是在轻视并试图迷惑观众，他们想让我们忘掉这场没有戏剧性动作的戏其实是缺少动机的。再一次，什么事情也没有发生。

上帝创造的事——大吉尼奥尔剧① 的动作

《活火熔城》(Volcano)、《龙卷风》(Twister)、《大地震》(Earthquake)、《波塞冬历险》(The Poseidon Adventure)、《火烧摩天楼》《哥斯拉》(Godzilla)这样的电影有什么共同之处？——它们都是"不要惹恼大自然"类的动作冒险片。在许多方面它们都符合动作冒险片的要求，中心的因果事件迫使人物采取行动，挽救他们的生命、文明和世界。但事实上龙卷风、地震、火灾、巨浪乃至巨大的变异生物并不会有意识地为破坏拟定计划。虽然

---

① 大吉尼奥尔（Grand Guignol）剧院由奥斯卡·梅泰尼耶（Oscar Metenier）于1897年创办，位于法国巴黎，是一家以自然主义恐怖戏剧而闻名的剧院，因此这种恐怖剧也称为大吉尼奥尔剧。——译注

自然之母的力量只管自行其是，比如喷射熔浆，撕开大地，或者把大船弄个底朝天，但是这些动作本身并没有任何敌意。只是对于剧中人物来说它们来得不是时候，而且它们根本意识不到自己对这个人口稠密的世界会造成什么影响。于是，叙事轨迹提出了一个平淡无奇的基本问题——人类是否能够存活？嗯，等你知道答案了再通知我们。这就像俄罗斯轮盘赌一样，除了纯粹为了活着所不得不做出的决定以外，人物并没有真正做出什么选择。

灾难电影中真正的戏剧来自人物之间的冲突。电影《龙卷风》中的飓风不会在意有多少只牛、多少辆卡车、多少个堪萨斯姑娘被卷进了旋涡之中。这完全不属于道德的范畴。然而，影片中的比尔·哈丁和乔·哈丁夫妇（比尔·帕克斯顿和海伦·亨特饰）则非常在意他们感情能否复合。当龙卷风肆虐之时，真正面临危险的是这对夫妻未来的幸福，观众非常希望看到他们能够重修旧好。

在这些水深火热的生存史诗片中，真正本质的戏剧动作并不是来自外部爆炸性的特殊环境所带来的磨难，而是来自异常艰难的情绪及道德选择。即将死亡的局面给人物带来了时间上的压力，这使得人物不得不处理彼此之间的关系。

正在发生的事情——作为动作特效剧的动作

杰里·布鲁克海默和乔尔·西尔弗毫无疑问是当下动作冒险片的大师。他们制作了像《勇闯夺命岛》（*The Rock*）、《世界末日》(*Armageddon*)、《空中监狱》和《剑鱼行动》(*Swordfish*)等高票房的巨作。布鲁克海默和西尔弗制作的形态多样的动作冒险片在许多方面继承了早期电影创作者，如麦克·森尼特和 D. W. 格里菲斯的电影传统。他们的电影使用了最喧闹、快速、高超、惊人的特效和动作特技。在他们最出色同时也最遵循动作冒险传统的影片中，还坚持了这一类型原初的道德剧传统，如《空中监狱》。从启斯东警察[①]到欧文·艾伦制作的《火烧摩天楼》和《波塞冬历险》，好莱坞总是从这些浮夸、离奇、比生活更夸张的故事中获利。在1927年的《将军号》中，巴斯特·基顿毁坏了一辆货真价实的火车，就更别提影片中损坏的不计其数的建筑和有轨电车了。乔治·梅里爱于1902年制作的《月球旅行记》(*Le voyage dans la lune*)是我们通常认为的第一部叙事电影。它通过手动摇回胶片进行二次曝光的手法在露天剧场拍摄，是一场视觉盛宴。

然而，编剧应该记住，创作一部优秀动作冒险片的最要紧之处并不是试图制作出最新、最热门、最具奢华感的大片。制作经费可高可低，特效可多可少，基本的动作冒险故事才是一部好电影的基石。忽视那些经久不衰的潜在神话故事，而把希望寄托于尖叫和闪耀的场面，是一种非常错误的做法。

[①] 启斯东警察（Keystone Kops）是电影中的虚构人物，从1914年到20世纪20年代早期，麦克·森尼特创立的启斯东制片厂制作了一系列以启斯东警察为主角的默片，他们往往穿着不合身的制服，在影片中上演疯狂而滑稽的追逐戏。——译注

📝 我们如何知道事情正在发生？——剧本中的动作

虽说有句老话称"剧本就是蓝图"，但剧本比其他任何示意图都更包罗万象。要是这句老话说的没错，那就意味着编剧只需草草地列出几场戏，加上三言两语的对白就完事了。

> **室内　保龄球场**
> 乔治和玛莎在打保龄球。
> 乔治和玛莎说了一些有关打算回家的话。
> 乔治打出了一个球。保龄球瓶被推倒。球场被夷为平地。

毋庸置疑，一个优秀的导演能善用这几句苍白而破碎的表述，并为这些毫无实际内容的话语设计出相应的特效、动作特技乃至人物性格。具有出色创造力的演员甚至可以丰满这个虚构的人物。然而，这些会成为导演和演员完成的内容，而不是编剧对电影的贡献。编剧的创造精神对电影没有产生一丝一毫的影响。就像一些关于"戏剧创意"的电脑软件所宣称的功能一样，这场戏的内容好像是从自动文字处理器里吐出来的。遗憾的是，这种沉闷无聊的剧本比你想象的还要常见。

一个好剧本的目标是让读者感受到非同寻常的愉悦体验。最理想的情况是读者被故事深深吸引，根本没有注意到自己在读剧本。虽然《编剧的核心技巧》这本书中已经对剧本的样式和格式做了详细的介绍，但这里稍作提醒还是很有好处的。

（1）不要在你的表述中插入和讲故事无关的毫无作用的缩写、数字和其他标示。如果你想加上一些修饰，比如拍摄机位等，那就要反问自己这些机位标示是否分散了读者对故事的注意力，使读者意识到他们正在读一个剧本。

（2）让剧本便于阅读。留出大量的空白，让读者可以顺畅快速地阅读剧本，就像在纸上看电影。

（3）注意拼写和语法。你的英文老师说的没错，你对语言规则的重视程度体现了你对整份剧本的重视程度。各个领域的专业人士都会拿出他们最好的工具来完成工作，而你起码要让读者觉得你是严格遵守着语言的公认标准的。

（4）自从有了打字机，电影和电视广播行业都在使用 Courier 字体作为剧本写作的标准字体。不管字母的形状是什么样的，每一个 Courier12 号字体所占据的空间是完全相同的。用 Courier 12 号字写出的每一页剧本所包含的单词数量是差不多的，根据经验我们可以衡量出一分钟的银幕时间在纸上的比例是多少。如果你用那些所占空间由字母大小决定的字体来写剧本，例如 Times Roman 12 号字，字的排列就会比 Courier 12 号字更紧密，因此完成剧本的页数也会减少。这样就无法用传统的方法来估算一页剧本相应的银幕时间。没有经验的读者往往只扫一眼最后一页的页码，就仅凭借该页码决定了剧本的长短，而没有考虑到剧本中所用的字体会让剧本长度相差十页左右。更重要的是，对于有经验的人来说，用 Courier 12 号之外的字体写作的剧本看上去就是错的，因为按比例占据空间的字体会让页面显得拥挤，也更难通过页面空白向读者传递故事节奏。不论现在的电脑软件有多少种花哨的字体，使用 Courier 12 号字体来创作故事片剧本，仍然是电影行业广泛遵循的标准。①

电影剧本基本格式

- 页面左边距：1.5 英寸 ②

- 页面右边距：1.25 英寸

- 顶端和底端边距：1 英寸

- 分页：从"0"开始
  对话：2.60 英寸　　　　插入说明：3.25 英寸
  角色名字：4.0 英寸　　　转场（淡出）：7.0 英寸，右对齐

---

① 参见 http://www.screenwriting101.net 网站中有关剧本格式规范的内容。——编注
② 1 英寸约为 2.54 厘米。——编注

写作练习

- 午夜，你正要坐进停在购物中心的汽车里，突然听见有人大喊："站住！小偷！"你抬头一看，有两个人从熟食店里跑了出来。你离那个被追的人只有一米远，你是停车场里唯一能阻止小偷穿过附近公路逃之夭夭的人。你会怎么做？为什么？

- 你的决定导致的直接后果是什么？你的决定带来了什么你没想到的后果？例如：

  - 你没有采取行动。小偷掏出枪杀死了熟食店的老板。

  - 你没有采取行动。熟食店的老板掏出枪杀死了小偷。后来你才发现被杀的那个人根本不是小偷，他只是在错误的时间来到了错误的地点。

  - 你决定抓住小偷。他求你把他放了，但你仍然紧抓不放。追他的人赶到之后掏枪打死了他，然后穿过公路消失得无影无踪。

  - 你决定抓住小偷。他发誓会报复你。后来你意识到这个小偷是某个邪恶帮派的成员，这个帮派臭名昭著，会暗中报复每一个惹了他们的人。

- 你的决定和接下来的结果必定会影响你对自己的认识。根据你决定采取行动或决定不采取行动所导致的结果，你会在多大程度上重新调整对自己的认识？

[第七章]

动作冒险片中的人物

戴白色帽子的伙计

西部英雄起源于廉价小说。他们在电影发展的早期阶段经由汤姆·米克斯、威廉·S.哈特、布龙科·比利·安德森和霍帕隆·卡西迪这批戴白帽子的经典西部英雄形象走红于银幕。这些形象大量出现在美国道德剧中,描绘了一个充斥着传统价值的非黑即白的社会。毕竟,要是纳蒂·班波是位东部边疆英雄的话,你怎么会为他起立欢呼呢?不过,尽管廉价小说常常从亡命之徒、边疆居民甚至印第安人中为英雄的人设取材,电影观众还是最爱看由牛仔带来的充满浪漫与枪战的传奇故事——主人公明辨是非,用拳头和左轮手枪维护自己坚定的信念,是一个完美无缺、不可触碰的圣洁人物,一个不会怀疑自己道德的脱俗人物。由于第一次世界大战使文化遭到重创,社会陷入一片茫然,于是,当人们脱离了维多利亚时代晚期的社会限制,进入了肆无忌惮的二十世纪时,戴着白色帽子的牛仔就成了神授的社会正常秩序的维护者。

等到"二战"之后,美国神话受到日益棘手的地缘政治的打击，动作冒险片的故事线随之变得更加复杂，故事的主人公也变成了不能明确定义好坏的复杂人物。但是，都市动作冒险片中看似谨慎成熟的主人公，其实有着和以往周末场演出的黑白片主人公一样的天真内心。

动作冒险片往往是关于一个危机迫在眉睫的社会——一群非法持枪的歹徒的闯入让闭塞的西部小镇陷入混乱，一个疯狂的爆炸犯让纽约城笼罩着阴霾，一个狂妄自大的独裁者攻击了民主自由，或者一个遥远的星系受到漫长的奴役。不论该社会的规模大小，只要反派人物兴风作浪，主人公就必须做出迅速有力的回应。

动作冒险片的主人公

✓ 主人公是传奇人物

天生的伟大或后天获得的伟大可能是某类特定动作冒险片的元素，但不管是哪种情况，主人公一定是或一定会成为一名杰出人物。主人公可能像《勇敢的心》中的威廉·华莱士或是《萨帕塔传》中的埃米利亚诺·萨帕塔一样出身卑微，然而在历史事件的要求下，主人公能发挥他们天生的杰出才能，无私地为社会服务。相反，主人公也可能生来高贵，但他的品质也必须经过战斗的历练。从超人到威尔·凯恩，从亨利五世到约翰·麦克莱恩，即使主人公属于一个大类，他们之间的差异仍然是显而易见的。不论主人公伟大的品质是天生的还是后天获得的，都是故事情境的产物，我们之后会对此进行检验。

✓ 主人公拥有战斗技巧和战略资源

动作冒险片一定与实际动作相关。主人公需要通过实际的有形力量来打破围困局面、打败反派。因此，主人公必须多多少少具备一些战斗技巧。一名普通的牙医、教师或作家是没有能耐接受这种挑战的。事实上，任何领域的普通人都不可能成为动作冒险片的领袖，因为他们没有也无法掌握必需的战斗技巧。设想一下，在最早版本的《虎胆龙威》中，如果前去拜访分居妻子的约翰·麦克莱恩是一名小学课本的销售员，没有了警官的训练基础、战斗技巧和思维模式，他解决困境的方式会与警官麦克莱恩截然不同。

✓ 主人公拥有执行任务的权力

一般而言，动作冒险片的核心人物会是执法机关的官员或某个军事组织的成员，即使不具有明面上的权力，也至少属于某个合法机构。例如，尽管印第安纳·琼斯既不是警察也不是军官，但他可以说是美国政府的官方代表。这种受担保的权力让主人公有捷径可走，而不至于被街道上的警戒线给拦下来（不然的话，想象一下警察一手拿枪、一手拿着警徽追逐罪犯的滑稽场景）。但更重要的是，主人公要有杀人豁免权。不仅是特工 007，任何一个为社会秩序卖命的动作冒险片主角都需要这一特权。

当然，主人公并不总是能够得到官方的授权，例如《原野奇侠》里肖恩的故事就发生在一个没有合法权威存在的法外之地。他的担保势力并不来自银幕里的任何一处，而是来自观众本身。银幕上的主人公不仅仅代表电影中社会的利益，而且还代表着正在电影院中观看该片的观众群体的利益。即使是主人公主动处死罪犯的行为，也必须得到观众的许可。如果没有一个正当的理由或是一个值得观众支持的动机，坐在电影院中庞大的观众群体就会拒绝为主人公的行为买单，这时主人公就变成了自私自利、精于报复的小人。

✓ 主人公的行动需要负起道德责任

因为动作冒险片是道德剧，那么对于主人公执行预判的"正义"，就没有绝对的"公平"可言。电影允许主人公怀疑自己是否有执行这一任务的义务，思考完成任务的方法是否得当，甚至可以质疑任务的价值，但最后的最后，他还是要去做所谓"正确的事情"，因为这就是正确的事情。在经典的动作冒险片《纳瓦隆大炮》中，基思·马洛里上尉和专家小组的任务是秘密袭击安置在希腊岛屿上的纳粹大炮。然而从一开始马洛里的领导权就一直遭到两个成员的质疑，他们分别代表了两种相反的战争道德观。游击队员安德烈亚·斯塔夫罗斯有着坚定的杀敌决心，因为敌人杀死了他的妻子和孩子，而爆破专家下士米勒则显得不情不愿。

> **下士米勒**
> 好吧,现在让这个任务见鬼去吧!我干过这么多活儿,没有一件改变了战事的进展!

马洛里上尉承受着这两类人的道德控诉,这两类观念在他的良心中各占一半。不过,为了完成这个他坚信能够拯救几千名英军士兵的任务,他最终还是投入了自己拥有的全部力量。

✓ **主人公持有诚实的个人行为准则**

动作冒险片中的主人公拥有一套专属于自己的行为准则,这种个人的高贵品质与其所处社会持有的抽象价值观相结合。事实上,主人公的行为准则往往是经过艰难历练得来的,因此它可能比世界上大多数权宜之计都要严密得多。比起反社会技能,这种行为准则更能将主人公与大众区别开来。也就是说,主人公所代表的专业人士拥有比他的委托人更高尚的行为准则,这种奇特的差异反映了西部神话出现之前,那根植于美国历史中的文化成分:只要凭借道德的优势,我们就能比那些在革命中推翻的优柔寡断的贵族阶级更强壮、更坚定也更接近上帝。我们的天使比你们的要强得多!即使我们的主人公是一个外来的私生子,他也比那些合法的继承人拥有更坦诚、更无私的品格。改编自日本导演黑泽明经典作品《七武士》的《豪勇七蛟龙》讲述了这样一个故事：一群游手好闲的枪手接受了一项任务，前去帮助墨西哥农民，抵御大盗卡尔韦拉（伊莱·沃勒克饰）和他的同伙们对村庄的频繁洗劫。起初主角们表现得颇有些漠不关心，并在第一次战斗中一败涂地。但是，在抱怨过农民支付的微薄工资和自己做的活儿并不匹配后，主角们最终还是找到了一个要坚守的原因，那就是他们所持的高尚信念，信念不仅让这几个身手不凡的枪手团结在一起，还体现出比普适道德更强的力量。这种信念使他们不惜冒着生命危险解救被困的村落。在电影《空中监狱》和《正午》中，主人公卡梅伦·波和威尔·凯恩主动让自己置身于危险之中，这是因为他们坚信：个人准则高于一切。

✓ 主人公对自己需要采取的行动有着透彻理解

动作冒险片的主人公知道他所做的决定将导致一场不可避免的致命的战斗。问题不可能通过协商解决，也不会出现一个更厉害更强大的联盟来营救社会，让主人公可以卸下这份重任。在面对《锦绣山河烈士血》《祖鲁战争》《战场》等电影中所展现的战争时，主人公心中可能还存在着一丝侥幸的期盼，但他也充分意识到，唯一的现实就是：要么胜利，要么战死。下面是《祖鲁战争》中精神错乱的牧师奥托·威特在祖鲁人进攻前夕从罗克渡口逃出来的片段，他做出了疯狂的预言：英军将面临十万祖鲁战士的攻击，这会是一场以寡敌众的血战。

> **牧师奥托·威特**
> 你们全都会死。难道你们没有意识到吗？难道你们看不出来吗？你们全都会死的。死亡！死亡在等着你们。
>
> **士兵托马斯**
> 他说的没错。为什么偏偏是我们？为什么？
>
> **中士伯恩**
> 因为只有我们在这儿，兄弟。没有别人，只有我们。

✓ 主人公远离情感纠葛

　　神圣的牛仔总是保有处子之身，早期西部片的英雄们只爱他们的马，他们与浪漫的温柔乡保持着礼貌的距离。当然了，这种隐士般的生活方式让他们可以在草原中自由驰骋，无所拘束。骑士们四处漂泊，寻找着可以让他们大显身手的平台，这种特性在美国神话中并不是独一无二的。然而，当这一类型远离最初的田园，开始都市化的时候，单纯且不合群的主人公就变成了动作冒险片中玩世不恭、反社会、特立独行的混蛋，就像《肮脏的哈里》(*Dirty Harry*)中的警探哈里·卡拉汉一样。

第七章　动作冒险片中的人物

> **哈里·卡拉汉**
> 如果让我看见一个成年男人追着一个女人，企图强暴她的话，我绝对会一枪毙了那个混蛋。这就是我的执法方式。
>
> **市长**
> 企图？你怎么确定他的企图？
>
> **哈里·卡拉汉**
> 当一个男人穿过小巷，一边勃起一边拿着屠刀追逐女人时，我猜他肯定不是为了帮红十字会募捐。

从《非洲女王号》中亨弗莱·鲍嘉扮演的无所顾忌的无赖查利·奥尔纳特，到《致命武器》中梅尔·吉布森饰演的具有自毁倾向的马丁·里格斯，动作冒险片的历史中出现过许多这样的情种，然而作为外来者的主人公绝不仅仅是一名像传奇的西欧骑士兰斯洛特[①]一样痴情的人。美国动作冒险片中的主人公不仅被较大的社会群体孤立，也远离家庭的羁绊。一旦暴露了脆弱软肋，如何保持猎手灵敏的直觉就成为这一类型主人公所面临的永恒难题。

---

① 兰斯洛特（Lancelot）来自亚瑟王传说，是圆桌骑士中的一员。——译注

> **文森特·汉纳**
> 我保留着我的恐惧，我留着它是因为我需要它。它能让我保持敏锐，让我时刻警惕。

在《盗火线》中，警探文森特·汉纳一心一意地追捕他的猎物，拒绝承认自己和妻子贾丝廷之间极度缺少交流。

> **贾丝廷·汉纳**
> 你不是和我生活在一起，你生活在死人的遗物之中。为了追踪你的猎物，你调查细节、观察地形、寻找他们留下的痕迹……这是你唯一忠于的事情。除此之外，你就只留下了个烂摊子。

汉纳需要做出选择，可惜他早已习惯那种没有情感的生活，再也不可能放弃追逐、回归家庭了。

✓ 主人公愿意为某种事业献出生命

动作冒险片有一个与其他电影类型完全不同的特殊之处——主人公准备直面死亡。就像普通人一样，精心创造的人物也绝不会毫无意义地牺牲自己。但面对正邪之间的完全对立，动作冒险片的主人公往往会为了维护某个抽象的理念而献出生命。当然，主人公自己可能并没有意识到这是利他主义的牺牲。可以肯定的是，保卫的地方越危险，死亡的概率也就越大。为了保护一个排的战友，一名士兵可以冲向敌人的枪林弹雨；为了保卫周围无辜的群众，警察可能会冒死拆卸炸弹；为了掩护伙伴逃走，枪手可能会留守于狭道。所有这些行动都有明确的、务实的动机，但到头来等待他们的只有徒劳无功和被人遗忘。不论有没有明确指出，影片中的道德驱动都是源自某个战斗目标所代表的、比此目标更宏大的社会价值。当《大逃亡》(The Great Escape)中被囚禁的盟军天才般地组织越狱时，他们有着比追求当下自由更重要的动机；当《星球大战》第一部中卢克·天行者俯冲轰炸死星时，有比获得解放更伟大的事业；而在《非洲女王号》中，"一战"伊始，查理和罗茜炸掉了德国炮艇，他们差点为此丧命时，虽然他们的行动——即使是成功的——几乎完全不能影响战事的进展，但是他们为"上帝、国王和国家"所尽的绵薄之力，却支撑起了民主的理念。

✎ 驾驭它，就像它是属于你的一样！

　　动作冒险片的主人公传奇而伟大。他知道，要阻止社会被邪恶势力毁灭，就必须采取行动。除了他之外没有人能完成这一任务，也没有人愿意为挽救社会而冒险，更何况这个社会似乎还对他怀有敌意。然而，不管这个文明多么的脆弱，它却包含着主人公所坚守的绝对真理，它值得主人公为之献出生命。这是一项崇高的道德事业，只有我们这个物种中最杰出的灵魂才能与之相匹配——无比杰出，至高无上，如果可以的话，我们每个人都希望自己拥有这样的灵魂。

> 如果你想抓住我，那就来吧！
> ——电影《小凯撒》台词

动作冒险片中的反派和主人公一样拥有强大的内在动力，他同样愿意用生命冒险，同样充满传奇般的色彩，只是他的道德理念与主人公截然相反。因此，主人公不仅要采取行动，还要想清楚行动的动机。这两股相对的强大力量必然要在最后关头为真理而战。为了能让观众相信主人公和反派之间的战斗并从中得到满足，动作冒险片中的反派必须是值得让主人公出手的，也就是说他在各方面都与主人公旗鼓相当。

动作冒险片的反派

✓ **反派是一个拟人化的个体**

虽然强大的对立面可能是像纳粹战争机器这样宽泛的概念，

但动作冒险片的主人公必须要给邪恶力量找到一个代表它的形象，只有这样才能在决战到来时让主人公有一个可以攻击的对手。如果主人公没有消灭制造混乱的核心人物，那么即使他赢得了这场关键性的战役，观众也不会产生胜利的满足感。也就是说，真正起主导作用的幕后黑手有可能不是主人公要面对的反派，《星球大战》中的皇帝和"二战"题材电影中的阿道夫·希特勒就并不是主人公所需直面的敌人。然而，在这种情况下影片需要一个像达斯·维达或者元首替身一样的反派，这样故事才可以编下去，主人公才能与之面对面地战斗。

✓ 反派是一个丰满立体的人物

有很多动作冒险片中的反派并不值得主人公花大力气对付，特别是那些为了邪恶而邪恶的变态狂。电影《绝岭雄风》（*Cliffhanger*）中，约翰·利思戈演绎反派埃里克·夸伦时，贡献了远超流俗的表演。可惜的是，这个人物被极其愚蠢的情节限制，除了卖弄他的奇怪癖好和疯狂的狞笑之外，没有更多丰富面的展现了。相反，电影《沉默的羔羊》中真正的反派大佬是"水牛比尔"詹姆·甘姆。他非常邪恶，但是为了不破坏影片的悬念，主人公不能与之正面对抗，因此原小说作者托马斯·哈里斯聪明地用迷人的汉尼拔·莱克特博士作为詹姆·甘姆的"代言人"。如此一来，尽管留给反派的银幕时间相对较少，但观众也能对他有充分的了解。在电影《兵临城下》中，埃德·哈里斯扮演的少校科尼希，比名义上的主角瓦西里·扎格采夫更具多面性、趣味性和价值。影片让我们看到他的动机、他的怀疑，还有他强烈的责任感，而这些都是影片的主人公所缺失的。这种人物呈现上的一边倒，一定程度上导致了故事的停滞不前，直到反派出场，观众才能提起点儿兴趣，因为我们知道他至少能生出些事端。

✓ 反派并不愚蠢

一间公寓突然遭到枪火的袭击。前门倒下来，接着反派破门而入，对着这间毫无防卫的房间又一通扫射。任何有生命或没生命的事物都抵不过如此暴虐的进攻。墙上布满密密麻麻的枪眼。反派炸开卫生间的房门。卫生间的空气中满是瓷砖的粉末，让人喘不过气来。他贴着墙前行，一把扯掉浴缸前挂着的燃烧的浴帘，这时躲在里面的女孩猛地跳起来刺死他。这个反派是一个十足的蠢货，他像一张毫无生命的纸牌，他的出现不过是为了执行编剧的命令。

动作冒险片的反派十有八九比主人公更聪明、更有教养，对战斗的准备也更加充分。反派应该是个战略家，为了达成目标，他已经制订出一个详尽、万无一失的计划。不管你愿不愿意，主人公总是在反派胜利在望的关键时刻，被稀里糊涂地扔进他们的叙事轨迹——警探约翰·麦克莱恩并没有打算被一帮超级罪犯困在大楼里。汤姆·汉克斯饰演的上尉约翰·米勒绝没有想到自己

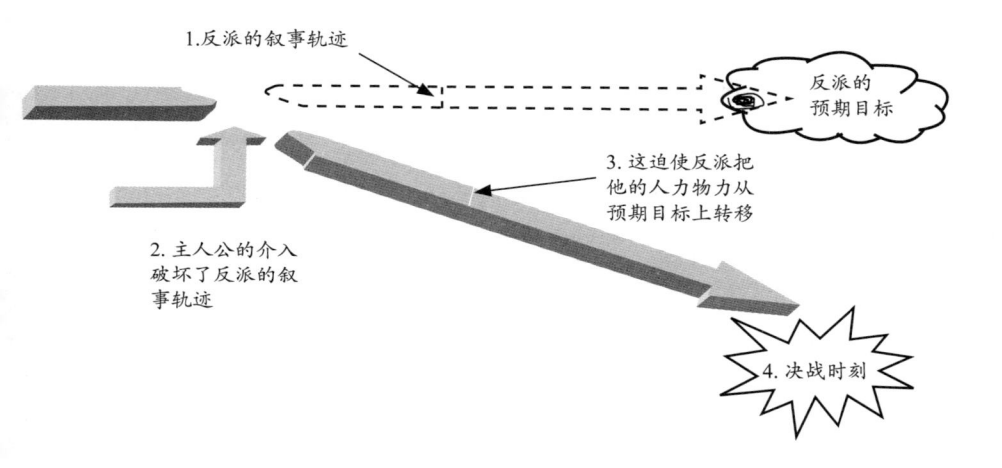

1. 反派的叙事轨迹
反派的预期目标
3. 这迫使反派把他的人力物力从预期目标上转移
2. 主人公的介入破坏了反派的叙事轨迹
4. 决战时刻

会被派到敌方的领土去寻找大兵瑞恩。因此，从一开始主人公就处于劣势，他需要不断赶上拥有精良战术和资源的反派。然而，正是由于主人公的介入才让反派转移目标，要不了多久，反派就会与阻碍他的主人公展开正面对决。

✓ 反派迫使主人公行动

反派总是比主人公更强大，更有手段，拥有更丰富的资源。若非如此，主人公就能轻而易举地制服敌人。那样的话就不会有什么戏剧冲突，更不会有什么故事可言了。还有一点很重要：反派比围绕在他周围的跟屁虫更强大。要小心那个患有白化病的瘸腿侏儒！对于编剧来说，创造出一个身体残缺，或是像《007之金手指》(*Goldfinger*)中怪人乔布那样拥有独门绝技的第二或第三反派，是非常容易和有趣的。但是这种有白化病的瘸腿侏儒的离经叛道之处在于，他们自身就是故事的诅咒与灾难。如果一个身高两米多的红发修女杀手可以独自承载起整个电影故事线的话，那我们就该看以她为核心的电影。因此，反派的头领必须是那一群人中最邪恶的，不然其他小兵小卒就会抢尽风头。再者，主人公必须一步一步打败级别较低的反派之后才能和超级大反派展开终极对抗。如果大反派毫无能耐，或者不能独立完成他的目标，那么主人公就能轻而易举地将他降服，如此一来观众将不会感到满足。在电影《虎胆龙威》中，当约翰·麦克莱恩遇到艾伦·里克曼精彩演绎的汉斯·格鲁伯时，我们看到了这个人物绝对的冷酷和异常的狡诈。不管麦克莱恩有多么强硬，此时他都对格鲁伯无计可施，这位精神病理学大师的唯一弱点就是他自己。

✓ 反派持有不同的道德观

首先，反派所追求的目标必须对主人公负责守护的社会构成威胁。这个社会可能并没有囊括整个西方文明，但它却是我们这一阵营的价值观的缩影。反派的目标不仅对社会构成直接威胁，而且还能让他从中直接受益，他的目标和他的世界观是相一致的。换言之，在反派看来，他的行为在道德上绝对合理。事实上，如果观众和反派共处于一个社会中，那反派就会是我们的主人公。对于许多德国人以及第三帝国以外的大量欧洲人来说，纳粹哲学是正义的事业。因此，一个形象鲜活的纳粹反派会坚信自己的事业具有正义和价值，值得他用生命去追求。正是这种对不同道德观的信奉让电影变得有趣。在西部片典型的农场主和农民对抗的故事情节中，观众往往会同情农民，因为他们是新生的文明，代表着和平、守法的公民社会。然而，从另一方的角度来看，通常代表着不择手段、摧毁脆弱农业文明根基的贪婪农场主，他们的观点同样合理，因为实际上农场主和农民一样有权使用土地。这时，农民就成了这片天赐大草原的入侵者。

> 它笑得多么快乐，
> 伸开爪子的姿势多么文雅，
> 它在欢迎那些小鱼，
> 游进它温柔微笑着的嘴巴。
> ——小说《爱丽丝漫游仙境》，刘易斯·卡罗尔著

因此，动作冒险片的人物不会完全是普通人。即使他们出身平凡，即使他们的动机来源于人类最平常的情绪，如生气、恐惧、愤怒和胆怯等，但不管他们原本高贵或低贱，他们都超越了自己，成为某种理念、准则、社会和价值观的代表。不过，他们所代表的事物，恰恰是和他们一样，有着强烈动机和相反道德观的反派所挑战的事物。这两种观点的捍卫者都愿意为自己的观点而牺牲，为了维护自己信奉的真理而决一死战。

写作练习

- 谁是你小时候遇到过的最难对付的坏人？什么问题或行为让你们对峙？你们如何对峙？是谩骂、打架，还是互不理睬？

- 谁是你成年以后遇到过的最难对付的坏人？什么问题或行为让你们对峙？你们如何对峙？是谩骂、打架，还是互不理睬？

- 从对手的角度，梳理出使冲突升级的主要事件。你的对手有什么样的价值观？为什么他会为了那些价值与你交锋？

- 你们在什么程度上代表和捍卫了各自所在的群体的价值？（不论你们所在的群体有多少。）

[第八章]

动作冒险片中的历险

✎ 电影不是一种视觉媒介

电影不是一种视觉（visual）媒介。因为电影包含画面所以就把它视作视觉媒介的说法，就像把舞蹈当作听觉媒介是因为它包含音乐一样可笑。电影是感觉（sensual）媒介。因为它不仅刺激我们的视觉和听觉，而且通过电影的创造，我们还感觉到、品尝到，甚至闻到了银幕上的世界。史蒂文·斯皮尔伯格在电影《拯救大兵瑞恩》中营造的诺曼底登陆场面是电影院放映过的最令人感同身受的场面之一。它充分利用了所有电影资源，引起了观众强烈的心理反应，这比最生动的恐怖片中的可怕场面或最香艳的性爱场面更能打动人心。《拯救大兵瑞恩》让观众身临其境，它带领观众一起登陆了他们从未到过的滩头阵地，只不过不需要经历真实的死亡。

空虚的无物也会有居处和名字。
——《仲夏夜之梦》，威廉·莎士比亚著

《拯救大兵瑞恩》和其他伟大的动作冒险片一起塑造了一个个浪漫的世界。用"浪漫"来形容这类提心吊胆的电影似乎有些奇怪，但如果我们考察动作冒险片的源头，就会发现浪漫是这一类型长期包含的有效元素。浪漫是"组成梦想的事物"[1]。我们的电影梦是由不计其数的人们通力协作才得以实现的。电影当然是导演的作品，但同时也是摄影师、美术指导、演员、布景师、混音师及其他所有对电影所呈现的世界做出过贡献的艺术家的作品。但在这些艺术家为这个世界施展魔法之前，浪漫存在于编剧的心中，他把日常的现实片段加工成虚构的场面，引诱观众进入这个可信赖的体系之中。

可信赖体系

当观众进入影院，他们就是自愿地终止了怀疑。观众明白所见并非真实。事实上，他们来到影院正是为了经历这一比真实世界更有意义的事物。而且，观众不仅希望电影中的世界比真实世界更鲜明、更容易理解，还希望电影给他们提供一个真实世界"理应如何"或"可能如何"的范式。动作冒险片尤其如此。在第三章"动作冒险片的基础"中，我们提到——

---

[1] 出自威廉·莎士比亚所著的《暴风雨》(*The Tempest*)。

✓ **浪漫功绩**：浪漫的英雄般的伟绩让观众进入一个迥异于日常生活、充满生死较量的世界。人物的行为方式带有观众理想中希望获得的正直与高尚。

然而，编剧在建构一套可信赖体系时，会面临一种固有的困境。电影现实是对影院外的日常景象和声音的强化复制。然而，观众的观影体验很大程度上是一种被动接受的过程。这种视觉经历不像阅读小说或短篇故事，阅读时什么景象都有可能发生，因为读者可以在脑海中对人物和场景进行想象。所以，当电影——动作冒险片——带领我们进入一个奇幻领域或浪漫之境时，当我们置身于电影现实时，它所呈现给我们的是一种美学上的有形形式。在我们对想象和现实的感知之间，存在着一些审美上的基本差异。对于我们的感知来说，电影是真实的，因此我们可以用真实世界中的经验对它进行判断。同时电影又是虚幻的，它遵循着专门为某个独特故事所创造的某个特定宇宙的规则。

规则？别忘了编剧已经将时间进行压缩，也选择好了戏剧事件。这就意味着编剧已经通过设立特定的人为情境建立了规则，现在必须巧妙维护由这些边界建立出来的可信赖体系。在观众观影时存在一种悖论，他们既希望体验超现实世界，同时又根据影院外真实世界的运作方式不断地质疑影片。换言之，编剧必须呈现给观众一个他们没有机会问"为什么这个人不……"的超现实世界。如果观众问了"为什么他们不……"这个问题，却又在情境内部得不到合理的解答时,他们与编剧建立起的信任契约就瞬间崩塌了。可信赖体系遭到质疑,观众再也无法返回电影的独特世界之中。

> 历史人物的相似之处在于,活着还是死亡都是纯粹的偶然。如果故事不是故事,那么它就会像历史一样充满偶然,而作家再也不用去管它了。
> ——约翰·米利厄斯,电影《夺命判官》编剧

电影归根到底还是一种合作性的媒介,而且不同的电影呈现出的可信赖体系也各不相同,因此可信赖体系是一个很难界定的概念,确定它的成分就像给天空照一张静态照片一样不可实现。不管我们从什么角度拍摄,都会有大量空间被排除在外,因为我们就处在画面之中,并且我们按下快门只能捕捉到一张静态图像,这对不断运动着的宇宙而言太微不足道了。不过,我们可以考察某些广阔的具有代表性的星系,从部分推断出整个宇宙的面貌。

动作冒险片的可信赖体系

☐ 叙事轨迹

动作冒险故事在围困局面的压力下开始向前发展。主人公和他所处的世界皆被反派控制，或主人公需要潜入敌方要塞以中断敌人的控制力量。一般情况下，围困局面产生的强大压力会迫使主人公全力以赴地去打破阻碍，这种进攻会在正邪终极对决的追逐中结束。处于围困之中还是之外是有着明显差别的。在围困局面中落败就意味着主人公身上所代表的群体价值的失败。主人公不仅是在为短暂的胜利而战，还是为某个世界的永恒存在而战。

☐ 有限世界

动作冒险故事发生在空想世界之中，它的环境远远超出我们所熟悉的世界。在那个世界里，即便在最平常的环境下，也可能发生英雄般的行为。地点和物品的效用被扩大，人物能以我们日常生活难以想象的方式使用它们。不过，动作冒险片的世界也遵循现实世界的物理法则（除非电影情境有意要改变这些规则）。主人公的可用空间可能会打破最初的包围限制，外展为可供追逐和终极决战的场地。

❑ 真实时间

动作冒险片中反派的计划一触即发,社会随时可能陷入危机。即使主人公的准备还不够充分,他也必须马上采取行动。反派越是接近他的目标,主人公所拥有的时间就越少,因此承担的风险也就越大。

❑ 人物气质

动作冒险片展现了高尚的道德准则。为了拯救危机社会,带有某种价值准则的主人公必须在关键时刻打败和他一样动机强烈但价值观截然相反的反派。这场正邪两立的生死对决在两个充满伟大传奇的人物之间展开。他们就是我们所希望成为的样子。

邪不压正。
——"德州游侠"上尉利安德·H.麦克内利

身体对抗是动作冒险片的基础。出于种种原因,动作冒险片的主人公在谈判、利诱、战术以及和解等各种尝试都已失败并对反派的毁灭与统治再也无计可施的时刻进入戏剧。因此,除了身体对抗之外,别无选择。

用戏剧术语来说,如果反派全力以赴的目标正好和主人公的价值观相反,如果反派比主人公以及他所代表的世界更加强大和邪恶，并且拥有更丰富的资源，如果主人公的出场令反派改变动作轨迹，那么反派就会迫使主人公与他展开决斗。换言之，主人公和反派将会暴力相向。

媒体中上演的暴力对社会产生的影响这一议题并不在本书讨论范围内，但是由于动作冒险片是类型关联表里所有类型中对抗性最强的一种，暴力不可避免地成为该类型可信赖体系中的必要组成部分。

> 波吉亚家族统治时，意大利有战争、恐怖、谋杀和流血事件，但也有米开朗基罗、莱昂纳多·达·芬奇和文艺复兴。而在兄友弟恭、民主和平的瑞士，他们有什么呢？不过是布谷鸟自鸣钟。
> ——奥逊·威尔斯

比起语言学，对"暴力"这一术语的解构更多的是一场政治学上的辩论，这部分导致了从各个角度展开的激烈辩论，大都忽视或严重歪曲了这个术语对于编剧的真正含义。与色情、艺术和美一样，对暴力的判断也因人而异。对于古希腊的人来说，戏剧中的暴力被看作表现灵魂的洁净——也称净化（catharsis）——的必要手段。古希腊人常常蜂拥至圆形剧场，观赏体验奸夫淫妇对阿伽门农的大胆谋杀，或俄狄浦斯自挖双眼时的屈辱之情。当然，古希腊时期大多数暴力发生在舞台之外。这足以让优雅的雅典文明意识到暴力所带来的痛苦。但对古罗马人来说可不是这样。对于罗马竞技场角斗士来说，杀戮和受难就像"母亲的乳汁"一样甘甜。而维多利亚时代的人则相信他们可以通过逻辑和科学控制暴力，就像他们用它征服地球一样。夏洛克·福尔摩斯是维多利亚时代精神的缩影，他用纯粹的智慧征服了原始的野性。每个时代的文化都将人类的暴力作为社会价值的晴雨表。恐怕还需要很长一段时间，历史学家才能清晰地说出电影中的暴力到底对西方文明产生了什么影响。

暴力与结果

对于动作冒险片来说，首先应当从叙事轨迹的框架去评判暴力，把它看作因果情节的推动力；其次，在可信赖体系中评判它，即评判它和故事内容及风格的匹配程度。如果我们宽泛地把暴力定义为使用有形力量把有生命者弄伤，使其失去行动能力，那么，从诺曼底海滩上的惨烈伤亡，到用十吨重的保险箱把威力狼[①]压扁，所有这些都可被"暴力"一词囊括。

然而，不论这个定义在语言学上多么有用，它并没有考虑到有形的暴力所能执行的叙事功能。事实上，与追车戏和亲热戏一样，暴力在戏剧性上是静止的。虽然银幕上可能的确发生了一些

---

① 威力狼（Wile E. Coyote）是华纳兄弟公司制作的《乐一通》（*Looney Tunes*）和《梅里小旋律》（*Merrie Melodies*）系列卡通片中的角色。——译注

事情，但从故事的角度来看，则什么事也没有发生。除非暴力产生了明显的结果，才能推动叙事轨迹前进。人物做出行动的决定，这一决定涉及有形力量的使用。有形力量指向另一个人物，通过使用这一有形力量，把另一个人物所设置的障碍消除，这才产生了战斗、射击、埋伏、破坏等其他暴力动作。

到此为止绝对没有任何事情发生。暴力动作可以进行五秒钟也可以进行五小时，但观众除了知道人物决定展开暴力动作之外，别的一无所知。直到这一暴力动作结束并产生了结果，情节才会向前推进。人物赢了还是输了？赢了什么，或输了什么？他付出了什么代价？这些问题必须得到回答，故事才能前进。不幸的是，编剧往往忽视这个最基本的规则，而沉浸在无意义，甚至是残酷的暴力之中，这些暴力没有带来任何戏剧结果。那些认为电影过于暴力的批评文章也有不足之处，要批评的并不应该是暴力本身或动作场面的数量，而是这些暴力动作是否造成了直接且严重的后果。

> 这是糟糕的时代，孩子不再听从父母之言，人人都开始写作。
> ——马库斯·图留斯·西塞罗

对于动作冒险片来说这一点可能很重要——将暴力宽泛地定义为有形力量，会忽视了不同电影的创作意图和观众反应的多元性。虽然所有动作冒险片包含同样的基本要素，但显然不同形态的故事会有不同的侧重点。电影要求观众自愿终止怀疑，但在有些情况下，观众比你想象的要更认同电影创作者，那是因为编剧已经建立了一套特定情境的规则，它让观众知道这部电影在各种表征意义上都不是真实的。动画片中的吊索和弓箭不会对卡通人物造成永久性的伤害，就像《谁陷害了兔子罗杰》（*Who Framed Roger Rabbit?*）欢快展现的那样。但如果《勇敢的心》中的人物被箭射中胸膛，则要遵循完全不同的一套可信赖体系的规则。

这样一来，我们就可以把暴力的使用作为一杆标尺，用它来衡量数量庞大的动作冒险类别中各种形态故事的可信赖体系。观众如何才能知道应该对某种特定电影风格做出什么反应呢？他们是否明白当印第安纳·琼斯杀人时并不是"真的"，而警探约翰·麦克莱恩杀人时则是呢？如果和电影《邦妮与克莱德》以及《拯救大兵瑞恩》中的死亡相比，约翰·麦克莱恩杀人的真实程度又会再低一个等级——他们也明白这个吗？如果电影创作者严密地建构起可信赖体系，观众就能轻而易举将"真正的"死亡和各种各样不同程度的"非死亡"区别开来。

如果我们把观众可感的痛苦和悲伤看作指南针读数，那么电影的真实度越高，观众就越能对电影产生认同。飞机的螺旋桨可以把印第安纳·琼斯系列电影中的人物削成午餐肉片，观众会对此发出愉快的感叹。但是，如果电影《拯救大兵瑞恩》中的人物在诺曼底的滩头阵地上被大炮炸成了两半，那么观众则会不愿看到这一恐怖场面，而是会本能地把头扭向一边。我们理性地明白演员并没有死，但是由于影片的可信赖体系建立起了如此可被感知的现实，我们也就好像切身地体会到了苦难和死亡之痛。

唤醒现实

观众感受到痛苦或悲伤的剧烈程度 ———————→

奇幻的	夸张的	传奇的	真实的
《时光大盗》	《夺宝奇兵》	《阿拉伯的劳伦斯》	《拯救大兵瑞恩》
《星河战队》	《超人》	《宾虚》	《桂河大桥》
《X战警》	《空中监狱》	《国王迷》	《战场》
《蝙蝠侠》	《红番区》	《黑狮震雄风》	《与魔鬼共骑》
	《星球大战》	《角斗士》	《邦妮与克莱德》
	《独立日》	《非洲皇后号》	《野战排》
	《致命武器》	《勇敢的心》	

恐惧是心生恶念时滋生的痛苦。

——亚里士多德

平静 （Calm）	唤醒 （Arousal）	警觉 （Alarm）	恐惧 （Fear）	惊骇 （Terror）
新皮层 （Neocortex）	下皮层 （Subcortex）	脑边缘 （Limbic）	中脑 （Midbrain）	脑干 （Brainstem）
一直持续	数天／数小时	数小时／数分钟	数分钟／数秒钟	失去时间观念

你做一件事的态度就是你做每件事的态度。

——禅宗谚语

我们是善于叙事的物种。我们通过讲述自己的故事来了解我们在宇宙中的位置，并尝试改进我们自身。我们能否讲好故事，可能是对我们能否维系文化的一种考验。我们根据过去的故事来预测未来的成败，而那些被时间检验过的故事会成为我们赖以生存的神话。它们一次次地提醒着我们文化所共享的价值。为保卫这些神话，我们的祖先献出了生命。而正是通过神话的复述，才让我们每时每刻都与社会紧密相连。神话不仅仅是一种娱乐，它们包含了我们的道德义务、荣耀准则，也寄寓了我们甘愿为这份代代相传的价值而死的决心。

动作冒险片比其他任何一种电影类型都更能让我们在影片的关键时刻拷问自身。我们独立在尘土飞扬的街道上，勇敢地面对死亡。我们直视内心，像电影《拯救大兵瑞恩》里詹姆斯·瑞恩站在约翰·米勒上尉墓前那样发出请求："**请告诉我，我是一个好人。**"

附录一
重要术语

《编剧的核心技巧》一书中的某些术语在本书中可能经过了重新定义或拓展延伸。为了展现出相同的写作结构如何在不同类型中发挥出不同的特点,即将出版的另一本书《如何写惊悚片》中还会对更多术语再做进一步的再定义。

《如何写动作冒险片》	《编剧的核心技巧》	用法
有限世界 (Bounded World)	物质世界 (Physical World)	故事所在的有限物质世界的特性。
任务简报 (Briefing)	背景故事 (Backstory)	构成了当前叙事条件的过去发生的事件。由于动作冒险片的情节通常并不复杂,所以背景介绍一般可以略写。
滑稽喜剧 (Comedic Drama)	喜剧 (Comedy)	当成人遇到不能用理智处理的误会时,往往表现得像个小孩。
坚守价值 (Commitment)	沉迷困扰 (Obsession)	反派迫使主人公维护某一道德原则。如果主人公未能捍卫社会的价值体系,那么整个社会都会成为反派手底下的牺牲品。

《如何写动作冒险片》	《编剧的核心技巧》	用法
任务汇报（Debriefing）	自我启示（Self-Realization）	主人公被打败，沉浸在害怕和犹疑中，他面临着死亡，准备履行他许下的承诺。
不可能的任务（Impossible Mission）	目标（Goal）	影片开端建立的危机非常紧迫，主人公必须完成某个特定目标，如摧毁敌军重镇、以寡敌众坚守阵地，或是弄到某样物品、占领某块领地等不可能的任务。
首次作战（Initial Contact）	刺激诱因（Inciting Incident）	主人公必须亲自采取快速果断的行动，将他所在的社会从反派的威胁中解救出来。
联合起来（Join-up）	新的开端（New Beginnings）	主人公打败反派，捍卫社会的价值体系和该社会的某一区域。
形而上的反抗（Metaphysical Defiance）	抽象的痛苦烦恼（Metaphysical Struggle）	主人公冒着折损自己高尚灵魂的风险，向万能神的权威发起挑战。
叙事轨迹（Narrative Trajectory）	戏剧化的强调（Dramatic Emphasis）	故事戏剧吸引力的本质在于观众对故事复杂程度和承诺最终好的、圆满解决的期待。
核心冲突（Pivotal Conflict）	人与人之间的冲突（Interpersonal Conflict）	通过解决情感创伤，人物恢复他们之间的关系。
真实时间（Plausible Moment）	时间（Time）	观众感觉到的故事发展时间和时间纪元。
内心的痛苦（Private Anguish）	个人的痛苦烦恼（Intrapersonal Anguish）	通过对真实存在或想象的罪恶进行救赎，人物完成自我启示。

《如何写动作冒险片》	《编剧的核心技巧》	用法
侦察准备阶段 （Reconnoiter）	准备 （Preparation）	为了完成不可能的任务，主人公设计战略方案，编排整合资源、设备以及专业团队。
决战时刻 （Showdown）	争斗 （Battle）	主人公和反派之间不存在妥协。他们必须在关键时刻决战，不是为了拯救人类，而是为了拯救某种价值。
负重 （Skeleton Pack）	内心需求 （Internal Need）	不论主人公多么英勇无畏，他总是需要背着包袱上战场，这些包袱包括一些未经考验的价值信念，在与反派对抗的过程中，它们会得到拷问。
目标获取 （Target Acquisition）	敌对力量 （Antagonist）	反派的身份确立：危及社会的反派比主人公更强大、拥有更多资源，并且站在与主人公相反的道德立场上。

附录二
参考影片

序一
动作冒险片——一种编剧方法

《虎胆龙威》(*Die hard*, 1988), 导演：约翰·麦克迪尔南 (John McTiernan), 编剧：斯蒂芬·E. 德索萨 (Stephen E. de Souza), 改编自罗德里克·索普 (Roderick Thorp) 的小说《好景不长》(*Nothing lasts forever*)。

第二章 类型期待

《雨人》(*Rain Man*, 1988), 导演：巴里·莱文森 (Barry Levinson), 编剧：罗纳德·巴斯 (Ronald Bass)、巴里·莫罗 (Barry Morrow)。

《星球大战》(*Star Wars*, 1977), 导演、编剧：乔治·卢卡斯 (George Lucas)。

《异形》(*Alien*, 1979), 导演：雷德利·斯科特 (Ridley Scott), 编剧：丹·欧班农 (Dan O' Bannon), 故事创意由丹·欧班农、罗纳德·舒塞特 (Ronald Shusett) 提供。

《异形2》(*Aliens*, 1986), 导演、编剧：詹姆斯·卡梅隆 (James Cameron)。

《第六感》(*The Sixth Sense*, 1999), 导演、编剧：M. 奈特·沙马兰 (M. Night Shyamalan)。

《普通人》(*Ordinary People*, 1980), 导演：罗伯特·雷德福 (Robert Redford), 编剧：阿尔文·萨金特 (Alvin Sargent)、南希·多德 (Nancy Dowd)。

《母女情深》(*Terms of Endearment*, 1983), 导演、编剧：詹姆斯·L. 布鲁克斯 (James L. Brooks)。

《温柔的怜悯》(*Tender Mercies*, 1983), 导演：布鲁斯·贝雷斯福德 (Bruce Beresford), 编剧：霍顿·富特 (Horton Foote)。

《钢木兰》(*Steel Magnolias*, 1989), 导演：赫伯特·罗斯 (Herbert Ross), 编剧：罗伯特·哈林 (Robert Harling)。

《马文的房间》(*Marvin's Room*, 1996), 导演：杰里·扎克斯 (Jerry Zaks), 编剧：斯科特·麦克弗森 (Scott McPherson)。

附录二 参考影片

《摩登时代》(*Modern Times*, 1936), 导演、编剧: 查理·卓别林 (Charles Chaplin)。

《将军号》(*The General*, 1926), 导演、编剧: 巴斯特·基顿 (Buster Keaton)、克莱德·布鲁克曼 (Clyde Bruckman)。

《育婴奇谭》(*Bringing Up Baby*, 1938), 导演: 霍华德·霍克斯 (Howard Hawks), 编剧: 达德利·尼科尔斯 (Dudley Nichols)、黑格·怀尔德 (Hagar Wilde)。

《一笼傻鸟》(*La Cage Aux Folles*, 1978), 导演: 埃德沃德·莫利纳罗 (Edouard Molinaro), 编剧: 埃德沃德·莫利纳罗、弗朗西斯·韦贝尔 (Francis Veber)、让·普瓦雷 (Jean Poiret)。

《窈窕淑男》(*Tootsie*, 1982), 导演: 西德尼·波拉克 (Sydney Pollack), 编剧: 拉里·格尔巴特 (Larry Gelbart)、默里·西斯盖 (Murray Schisgal)。

《尽善尽美》(*As Good as it Gets*, 1997), 导演: 詹姆斯·L. 布鲁克斯, 编剧: 詹姆斯·L. 布鲁克斯、马克·安德勒斯 (Mark Andrus)。

《风月俏佳人》(*Pretty Woman*, 1990), 导演: 加里·马歇尔 (Garry Marshall), 编剧: J. F. 劳顿 (J. F. Lawton)。

《钢琴课》(*The Piano*, 1993), 导演、编剧: 简·坎皮恩 (Jane Campion)。

《理智与情感》(*Sense and Sensibility*, 1995), 导演: 李安, 编剧: 艾玛·汤普森 (Emma Thompson)。

《心灵捕手》(*Good Will Hunting*, 1997), 导演: 格斯·范·桑特 (Gus Van Sant), 编剧: 本·阿弗莱克 (Ben Affleck)、马特·达蒙 (Matt Damon)。

《泰坦尼克号》(*Titanic*, 1997), 导演、编剧: 詹姆斯·卡梅隆。

《机智问答》(*Quiz Show*, 1994), 导演: 罗伯特·雷德福, 编剧: 保罗·阿塔纳西奥 (Paul Attanasio)。

《烈火战车》(*Chariots of Fire*, 1981), 导演: 休·赫德森 (Hugh Hudson), 编剧: 科林·韦兰 (Colin Welland)。

《死囚漫步》(*Dead Man Walking*, 1995), 导演、编剧: 蒂姆·罗宾斯 (Tim Robbins)。

《肖申克的救赎》(*The Shawshank Redemption*, 1994), 导演、编剧: 弗兰克·德拉邦特 (Frank Darabont)。

《唐人街》(*Chinatown*, 1974), 导演: 罗曼·波兰斯基 (Roman Polanski), 编剧: 罗伯特·汤 (Robert Towne)。

《马耳他之鹰》(*The Maltese Falcon*, 1941), 导演、编剧: 约翰·休斯顿 (John Huston)。

《非常嫌疑犯》(*The Usual Suspects*, 1995), 导演: 布赖恩·辛格 (Bryan Singer), 编剧: 克里斯托弗·麦夸里 (Christopher McQuarrie)。

《七宗罪》(*Se7en*, 1995), 导演: 大卫·芬奇 (David Fincher), 编剧: 安德鲁·凯文·沃克 (Andrew Kevin Walker)。

《沉默的羔羊》(The Silence of the Lambs, 1991)，导演：乔纳森·德姆（Jonathan Demme），编剧：特德·塔利（Ted Tally），改编自托马斯·哈里斯（Thomas Harris）的同名小说。

《科学怪人》(Frankenstein, 1931)，导演：詹姆斯·惠尔（James Whale），编剧：加勒特·福特（Garrett Fort）、弗朗西斯·爱德华·法拉戈（Francis Edward Faragoh）。

《惊情四百年》(Dracula, 1992)，导演：弗朗西斯·福特·科波拉（Francis Ford Coppola），编剧：詹姆斯·V.哈特（James V. Hart）。

《黑色星期五》(Friday the 13th, 1980)，导演：肖恩·S.坎宁安（Sean S. Cunningham），编剧：维克托·米勒（Victor Miller）。

《月光光心慌慌》(Halloween, 1978)，导演：约翰·卡彭特（John Carpenter），编剧：约翰·卡彭特、德布拉·希尔（Debra Hill）。

《吵闹鬼》(Poltergeist, 1982)，导演：托布·胡珀（Tobe Hooper），编剧：史蒂文·斯皮尔伯格（Steven Spielberg）、迈克尔·格赖斯（Michael Grais）、马克·维克托（Mark Victor）。

《天外魔花》(Invasion of the Body Snatchers, 1956)，导演：唐·西格尔（Don Siegel），编剧：丹尼尔·梅因沃林（Daniel Mainwaring）。

《秃鹰七十二小时》(Three Days of the Condor, 1975)，导演：西德尼·波拉克，编剧：小洛伦佐·森普尔（Lorenzo Semple Jr.）、戴维·雷菲尔德（David Rayfield），改编自詹姆斯·格雷迪（James Grady）的小说《秃鹰一百四十四小时》(Six Days of the Condor)。

《西北偏北》(North by Northwest, 1959)，导演：阿尔弗雷德·希区柯克（Alfred Hitchcock），编剧：欧内斯特·莱曼（Ernest Lehman）。

《悍将奇兵》(Breakdown, 1997)，导演：乔纳森·莫斯托（Jonathan Mostow），编剧：乔纳森·莫斯托、萨姆·蒙哥马利（Sam Montgomery）。

《双面女郎》(Single White Female, 1992)，导演：巴尔贝·施罗德（Barbet Schroeder），编剧：唐·鲁斯（Don Roos）。

《勇敢的心》(Braveheart, 1995)，导演：梅尔·吉布森（Mel Gibson），编剧：兰德尔·华莱士（Randall Wallace）。

《独立日》(Independence Day, 1996)，导演：罗兰·艾默里奇（Roland Emmerich），编剧：罗兰·艾默里奇、迪安·德夫林（Dean Devlin）。

《纳瓦隆大炮》(The Guns of Navarone, 1961)，导演：J.李·汤普森（J. Lee Thompson），编剧：卡尔·福尔曼（Carl Foreman），改编自阿利斯泰尔·麦克莱恩（Alistair MacLean）的同名小说。

《空中监狱》(Con Air, 1997)，导演：西蒙·韦斯特（Simon West），编剧：斯科特·罗森堡（Scott Rosenberg）。

《拯救大兵瑞恩》(Saving Private Ryan, 1998)，导演：史蒂文·斯皮尔伯格，编剧：罗伯特·罗达（Robert Rodat）。

《罪与错》(Crimes and Misdemeanors, 1989)，导演、编剧：伍迪·艾伦（Woody Allen）。

《莫扎特传》(Amadeus, 1984), 导演：米洛什·福曼(Miloš Forman), 编剧：彼得·谢弗(Peter Shaffer)。

《凶手就在门外》(Copycat, 1995), 导演：乔恩·埃米尔(Jon Amiel), 编剧：安·比德曼(Ann Biderman)、戴维·马德森(David Madsen)。

《盲女惊魂记》(Wait Until Dark, 1967), 导演：特伦斯·扬(Terence Young), 编剧：罗伯特·卡林顿(Robert Carrington)、简-华德·哈默斯坦(Jane-Howard Hammerstein), 改编自弗雷德里克·诺特(Frederick Knott)的同名舞台剧。

《幻影英雄》(Last Action Hero, 1993), 导演：约翰·麦克迪尔南，编剧：沙恩·布莱克(Shane Black)、戴维·阿诺特(David Arnott), 故事创意由扎克·佩恩(Zak Penn)、亚当·莱夫(Adam Leff)提供。

《开罗紫玫瑰》(The Purple Rose of Cairo, 1985), 导演、编剧：伍迪·艾伦。

《致命武器》(Lethal Weapon, 1987), 导演：理查德·唐纳(Richard Donner), 编剧：沙恩·布莱克。

《神秘拼图》(The Bone Collector, 1999), 导演：菲利普·诺伊斯(Phillip Noyce), 编剧：杰里米·亚科内(Jeremy Iacone), 改编自杰弗里·迪弗(Jeffery Deaver)的同名小说。

《红磨坊》(Moulin Rouge!, 2001), 导演：巴兹·鲁曼(Baz Luhrmann), 编剧：巴兹·鲁曼、克雷格·皮尔斯(Craig Pearce)。

《非洲女王号》(The African Queen, 1951), 导演：约翰·休斯顿，编剧：约翰·休斯顿、詹姆斯·阿吉(James Agee), 改编自 C. S. 福里斯特尔(C. S. Forester)的同名小说。

《绿宝石》(Romancing the Stone, 1984), 导演：罗伯特·泽米斯基(Robert Zemeckis), 编剧：黛安娜·托马斯(Diane Thomas)。

《角斗士》(Gladiator, 2000), 导演：雷德利·斯科特，编剧：约翰·洛根(John Logan)、戴维·弗兰佐尼(David Franzoni)、威廉·尼科尔森(William Nicholson), 故事创意由戴维·弗兰佐尼提供。

第三章　动作冒险片的基础

《风中奇缘》(Pocahontas, 1995), 导演：迈克·加布里埃尔(Mike Gabriel)、埃里克·戈德堡(Eric Goldberg), 编剧：卡尔·宾德(Carl Binder)、苏珊娜·格兰特(Susannah Grant)、菲利普·拉泽布尼克(Philip LaZebnik)。

《狮子王》(The Lion King, 1994), 导演：罗杰·阿勒斯(Roger Allers)、罗布·明科夫(Rob Minkoff), 编剧：伊雷妮·梅基(Irene Mecchi)、乔纳森·罗伯茨(Jonathan Roberts)、琳达·伍尔弗顿(Linda Woolverton)。

《冒充者》(The Man Who Never Was, 1956), 导演：罗纳德·尼姆(Ronald Neame), 编剧：奈杰尔·鲍尔钦(Nigel Balchin), 改编自尤恩·蒙塔古(Ewen Montagu)的同名小说。

第四章　动作冒险片的起源

《绿野仙踪》(The Wizard of Oz, 1939), 导演：维克多·弗莱明 (Victor Fleming), 编剧：诺埃尔·兰利 (Noel Langley)、弗洛伦斯·赖尔森 (Florence Ryerson)、埃德加·艾伦·伍尔夫 (Edgar Allan Woolf), 改编自 L. 弗兰克·鲍姆 (L. Frank Baum) 的小说《绿野仙踪》(The Wonderful Wizard of Oz)。

《双虎屠龙》(The Man Who Shot Liberty Valance, 1962), 导演：约翰·福特 (John Ford), 编剧：詹姆斯·沃纳·贝拉 (James Warner Bellah)、威利斯·戈德贝克 (Willis Goldbeck), 故事创意由多萝西·M. 约翰逊 (Dorothy M. Johnson) 提供。

《火车大劫案》(The Great Train Robbery, 1903), 导演、编剧：埃德温·S. 波特 (Edwin S. Porter)。

《正午》(High Noon, 1952), 导演：弗雷德·齐纳曼 (Fred Zinnemann), 编剧：卡尔·福尔曼, 故事创意由约翰·W. 坎宁安 (John W. Cunningham) 提供。

《花村》(McCabe and Mrs. Miller, 1971), 导演：罗伯特·奥尔特曼 (Robert Altman), 编剧：罗伯特·奥尔特曼、布赖恩·麦凯 (Brian McKay)。

《突出部之役》(Battle of the Bulge, 1965), 导演：肯·安纳金 (Ken Annakin), 编剧：菲利普·约尔丹 (Philip Yordan)、米尔顿·斯珀林 (Milton Sperling)、约翰·梅尔森 (John Melson)。

《百战宝枪》(Winchester '73, 1950), 导演：安东尼·曼 (Anthony Mann), 编剧：罗伯特·L. 理查兹 (Robert L. Richards)、博登·蔡斯 (Borden Chase), 故事创意由斯图尔特·N. 莱克 (Stuart N. Lake) 提供。

《搜索者》(The Searchers, 1956), 导演：约翰·福特, 编剧：弗兰克·S. 纽金特 (Frank S. Nugent)、艾伦·勒梅 (Alan Le May)。

《歼虎屠龙》(The Bravados, 1958), 导演：亨利·金 (Henry King), 编剧：菲利普·约尔丹, 改编自弗兰克·欧鲁克 (Frank O'Rourke) 的同名小说。

《大地惊雷》(True Grit, 1969), 导演：亨利·哈撒韦 (Henry Hathaway), 编剧：玛格丽特·罗伯茨 (Marguerite Roberts), 改编自查尔斯·波蒂斯 (Charles Portis) 的同名小说。

《豪勇七蛟龙》(The Magnificent Seven, 1960), 导演：约翰·斯特奇斯 (John Sturges), 编剧：威廉·罗伯茨 (William Roberts), 以黑泽明的《七武士》为创作蓝本。

《血洒北城》(The Great Northfield Minnesota Raid, 1972), 导演、编剧：菲利普·考夫曼 (Philip Kaufman)。

《日落黄沙》(The Wild Bunch, 1969), 导演：萨姆·佩金帕 (Sam Peckinpah), 编剧：萨姆·佩金帕、沃伦·格林 (Walon Green)、罗伊·N. 塞克纳 (Roy N. Sickner), 故事创意由沃伦·格林、罗伊·N. 塞克纳提供。

《虎豹小霸王》(Butch Cassidy and the Sundance

Kid，1969），导演：乔治·罗伊·希尔（George Roy Hill），编剧：威廉·戈德曼（William Goldman）。

《职业大贼》（The Professionals，1966），导演、编剧：理查德·布鲁克斯（Richard Brooks）。

《人民公敌》（The Public Enemy，1931），导演：威廉·A. 韦尔曼（William A. Wellman），编剧：约翰·布赖特（John Bright）、库贝茨·格利森（Kubec Glasmon）、哈维·F. 休（Harvey F. Thew）。

《疤面人》·Scarface，1932），导演：霍华德·霍克斯（Howard Hawks）、理查德·罗森（Richard Rosson），编剧：本·赫克特（Ben Hecht）、西顿·I. 米勒（Seton I. Miller）。

《小凯撒》（Little Caesar，1931），导演：梅尔文·勒罗伊（Mervyn LeRoy），编剧：达里尔·F. 扎纳克（Darryl F. Zanuck）、弗朗西斯·爱德华·法拉戈、罗伯特·洛德（Robert Lord），改编自 W.R. 伯内特（W.R. Burnett）的同名小说。

《邦妮和克莱德》（Bonnie and Clyde，1967），导演：阿瑟·佩恩（Arthur Penn），编剧：罗伯特·本顿（Robert Benton）、戴维·纽曼（David Newman）。

第五章　动作冒险片的结构

《全金属外壳》（Full Metal Jacket，1987），导演：斯坦利·库布里克（Stanley Kubrick），编剧：斯坦利·库布里克、迈克尔·赫尔（Michael Herr），改编自古斯塔夫·哈斯福德（Gustav Hasford）的小说《计时器》（The Short-timers）。

《火烧摩天楼》（The Towering Inferno，1974），导演：约翰·吉勒明（John Guillermin），编剧：斯特林·西利芬特（Stirling Silliphant），改编自理查德·马丁·斯特恩（Richard Martin Stern）的小说《摩天楼》（The Tower）以及托马斯·N. 斯柯提亚（Thomas N. Scortia）、弗兰克·M. 鲁宾逊（Frank M. Robinson）的小说《玻璃炼狱》（The Glass Inferno）。

《终结者 2：审判日》（Terminator 2:Judgment Day，1991），导演：詹姆斯·卡梅隆，编剧：詹姆斯·卡梅隆、小威廉·威舍（William Wisher Jr.）。

《祖鲁战争》（Zulu，1964），导演：赛·恩菲尔德（Cy Endfield），编剧：赛·恩菲尔德、约翰·普瑞波（John Prebble），故事创意来自于约翰·普瑞波的一篇文章。

《夺宝奇兵》（Raiders of the Lost Ark，1981），导演：史蒂文·斯皮尔伯格，编剧：劳伦斯·卡斯丹（Lawrence Kasdan）。

《十二金刚》（The Dirty Dozen，1967），导演：罗伯特·奥尔德里奇（Robert Aldrich），编剧：农纳利·约翰逊（Nunnally Johnson）、卢卡斯·赫勒（Lukas Heller），改编自 E. M. 内桑森（E. M. Nathanson）的同名小说。

《虎胆龙威 3：纽约大劫案》（Die Hard: With A

Vengeance，1995），导演：约翰·麦克蒂尔南，编剧：乔纳森·亨斯利（Jonathan Hensleigh），某些原创人物由罗德里克·索普提供。

《独孤里桥之役》（The Bridges at Toko-Ri，1954），导演：马克·罗布森（Mark Robson），编剧：瓦伦丁·戴维斯（Valentine Davies），改编自詹姆斯·米切纳（James Michener）的同名小说。

《原野奇侠》（Shane，1953），导演：乔治·斯蒂文斯（George Stevens），编剧：A.B. 小格思里（A.B. Guthrie Jr.）、杰克·谢尔（Jack Sher）。

《宾虚》（Ben-Hur，1959），导演：威廉·惠勒（William Wyler），编剧：卡尔·通贝里（Karl Tunberg），改编自路易斯·华莱士（Lew Wallace）的同名长篇小说。

《萨帕塔传》（Viva Zapata!，1952），导演：伊利亚·卡赞（Elia Kazan），编剧：约翰·斯坦贝克（John Steinbeck）。

《惊魂记》（Psycho，1960），导演：阿尔弗雷德·希区柯克，编剧：约瑟夫·斯特凡诺（Joseph Stefano）。

《霹雳钻》（Marathon Man，1976），导演：约翰·施莱辛格（John Schlesinger），编剧：威廉·戈德曼，改编自戈德曼本人的同名小说。

《现代启示录》（Apocalypse Now，1979），导演：弗朗西斯·福特·科波拉，编剧：约翰·米利厄斯（John Milius）、弗朗西斯·福特·科波拉、迈克尔·赫尔，改编自约瑟夫·康拉德（Joseph Conrad）的小说《黑暗之心》（Heart of Darkness）。

《拨云见日》（Sudden Impact，1983），导演：克林特·伊斯特伍德（Clint Eastwood），编剧：约瑟夫·斯廷森（Joseph Stinson），故事创意由查尔斯·B. 皮尔斯（Charles B. Pierce）、厄尔·E. 史密斯（Earl E. Smith）提供。

《教父》（The Godfather，1972），导演：弗朗西斯·福特·科波拉，编剧：弗朗西斯·福特·科波拉、马里奥·普佐（Mario Puzo），改编自马里奥·普佐的同名小说。

《战场》（Battleground，1949），导演：威廉·A. 韦尔曼，编剧：罗伯特·皮洛斯（Robert Pirosh）。

《遥远的桥》（A Bridge Too Far，1977），导演：理查德·阿滕伯勒（Richard Attenborough），编剧：威廉·戈德曼。

《最长的一天》（The Longest Day，1962），导演：安德鲁·马顿（Andrew Marton）、伯恩哈德·维基（Bernhard Wicki）、达里尔·F. 扎纳克、肯·安纳金，编剧：科尔内留斯·瑞安（Cornelius Ryan）、罗曼·加里（Romain Gary）、詹姆斯·琼斯（James Jones）、戴维·普索尔（David Pursall）、杰克·塞登（Jack Seddon），改编自科尔内留斯·瑞安的同名小说。

《盗火线》（Heat，1995），导演、编剧：迈克尔·曼（Michael Mann）。

《锦绣山河烈士血》（The Alamo，1960），导演：约翰·韦恩（John Wayne），编剧：詹姆斯·爱德华·格兰特（James Edward Grant）。

附录二 参考影片 169

《北京 55 日》(*55 Days at Peking*, 1963), 导演：尼古拉斯·雷 (Nicholas Ray), 编剧：菲利普·约尔丹、伯纳德·戈登 (Bernard Gordon)。

《义海倾情》(*Wyatt Earp*, 1994), 导演：劳伦斯·卡斯丹, 编剧：劳伦斯·卡斯丹、丹·戈登 (Dan Gordon)。

《墓碑镇》(*Tombstone*, 1993), 导演：乔治·P. 科斯马图斯 (George P. Cosmatos), 编剧：凯文·贾尔 (Kevin Jarre)。

《OK 镇大决斗》(*Gunfight at the O.K. Corral*, 1957), 导演：约翰·斯特奇斯, 编剧：莱昂·乌里斯 (Leon Uris), 故事创意来源自乔治·斯卡林 (George Scullin) 的一篇文章。

《夺金三王》(*Three Kings*, 1999), 导演、编剧：大卫·O. 拉塞尔 (David O. Russell), 故事创意由约翰·雷德利 (John Ridley) 提供。

《生死时速》(*Speed*, 1994), 导演：扬·德邦特 (Jan de Bont), 编剧：格雷厄姆·约斯特 (Graham Yost)。

第六章 动作冒险片中的动作

《假面》(*Persona*, 1966), 导演、编剧：英格玛·伯格曼 (Ingmar Bergman)。

《呼喊与细语》(*Viskningar och rop*, 1972), 导演、编剧：英格玛·伯格曼。

《为黛西小姐开车》(*Driving Miss Daisy*, 1989),导演：布鲁斯·贝雷斯福德, 编剧：艾尔弗雷德·乌里 (Alfred Uhry) 改编自乌里本人的同名戏剧。

《绝地计划》(*A Simple Plan*, 1998), 导演：萨姆·赖米 (Sam Raimi), 编剧：斯科特·B. 史密斯 (Scott B. Smith), 改编自史密斯本人的同名小说。

《浪潮王子》(*Prince of Tides*, 1991), 导演：芭芭拉·史翠珊 (Barbra Streisand), 编剧：贝姬·约翰斯顿 (Becky Johnston)、帕特·康罗伊 (Pat Conroy)。

《兵临城下》(*Enemy at The Gates*, 2001), 导演：让-雅克·阿诺 (Jean-Jacques Annaud), 编剧：让-雅克·阿诺、阿兰·戈达尔 (Alain Godard)。

《断头谷》(*Sleepy Hollow*, 1999), 导演：蒂姆·波顿 (Tim Burton), 编剧：安德鲁·凯文·沃克, 故事素材由凯文·雅格 (Kevin Yagher)、安德鲁·凯文·沃克 (Andrew Kevin Walker) 提供, 以华盛顿·欧文 (Washington Irving) 的小说《断头谷传奇》(*The Legend of Sleepy Hollow*) 为基础。

《活火熔城》(*Volcano*, 1997), 导演：米克·杰克逊 (Mick Jackson), 编剧：杰尔姆·阿姆斯特朗 (Jerome Armstrong)、比利·雷 (Billy Ray)。

《龙卷风》(*Twister*, 1996), 导演：扬·德邦特, 编剧：迈克尔·克赖顿 (Michael Crichton)、安妮-玛丽·马丁 (Anne-Marie Martin)。

《大地震》(*Earthquake*, 1974), 导演：马克·罗

布森，编剧：乔治·福克斯（George Fox）、马里奥·普佐。

《波塞冬历险》（*The Poseidon Adventure*，1972），导演：罗纳德·尼姆，编剧：斯特林·西利芬特、温德尔·梅斯（Wendell Mayes）。

《哥斯拉》（*Godzilla*，1998），导演：罗兰·艾默里奇，编剧：罗兰·艾默里奇、迪安·德夫林。

《勇闯夺命岛》（*The Rock*，1996），导演：迈克尔·贝（Michael Bay），编剧：戴维·韦斯伯格（David Weisberg）、道格拉斯·库克（Douglas Cook）、马克·罗斯纳（Mark Rosner）。

《世界末日》（*Armageddon*，1998），导演：迈克尔·贝，编剧：J.J. 艾布拉姆斯（J.J. Abrams）、乔纳森·亨斯利、托尼·吉尔罗伊（Tony Gilroy）和沙恩·萨莱诺（Shane Salerno）对罗伯特·罗伊·普尔（Robert Roy Pool）和乔纳森·亨斯利的故事创意进行了改编。

《剑鱼行动》（*Swordfish*，2001），导演：多米尼克·塞纳（Dominic Sena），编剧：斯基普·伍兹（Skip Woods）。

《月球旅行记》（*Le voyage dans la lune*，1902），导演、编剧：乔治·梅里爱（Georges Méliès），改编自儒尔·凡尔纳（Jules Verne）的小说。

第七章　动作冒险片中的人物

《肮脏的哈里》（*Dirty Harry*，1971），导演：唐·西格尔，编剧：德安·里斯纳（Dean Riesner），故事创意由哈里·朱利安·芬克（Harry Julian Fink）、R. M. 芬克（R. M. Fink）提供。

《大逃亡》（*The Great Escape*，1963），导演：约翰·斯特奇斯，编剧：詹姆斯·克拉维尔（James Clavell）、W.R. 伯内特，改编自保罗·布里克希尔（Paul Brickhill）的同名小说。

《绝岭雄风》（*Cliffhanger*，1993），导演：雷尼·哈林（Renny Harlin），编剧：迈克尔·弗朗斯（Michael France）、西尔韦斯特·史泰龙（Sylvester Stallone），故事设定由约翰·朗（John Long）提供，故事素材由迈克尔·弗朗斯（Michael France）提供。

《007之金手指》（*Goldfinger*，1964），导演：盖伊·汉密尔顿（Guy Hamilton），编剧：理查德·迈鲍姆（Richard Maibaum）、保罗·德恩（Paul Dehn），改编自伊恩·弗莱明（Ian Fleming）的同名小说。

第八章　动作冒险片中的历险

《夺命判官》（*The Life And Times Of Judge Roy Bean*，1972），导演：约翰·休斯顿，编剧：约翰·米利厄斯。

《第三人》（*The Third Man*，1949），导演：卡罗尔·里德（Carol Reed），编剧：亚历山大·科达（Alexander Korda）。

《谁陷害了兔子罗杰？》（*Who Framed Roger Rabbit？*1988），导演：罗伯特·泽米基斯，编剧：杰弗里·普赖斯（Jeffrey Price）、彼得·S. 西曼（Peter S. Seaman），改编自加

里·K. 沃尔夫（Gary K. Wolf）的小说《谁审查了兔子罗杰?》（Who Censored Roger Rabbit?）。

《时光大盗》（Time Bandits，1981），导演：特里·吉列姆（Terry Gilliam），编剧：特里·吉列姆、迈克尔·佩林（Michael Palin）。

《阿拉伯的劳伦斯》（Lawrence of Arabia，1962），导演：大卫·里恩（David Lean），编剧：罗伯特·博尔特（Robert Bolt）、迈克尔·威尔逊（Michael Wilson）。

《星河战队》（Starship Troopers，1997），导演：保罗·范霍文（Paul Verhoeven），编剧：爱德华·诺麦尔（Edward Neumeier）。

《X战警》（The X-Men，2000），导演：布赖恩·辛格，编剧：戴维·海特（David Hayter）。

《国王迷》（The Man Who Would Be King，1975），导演：约翰·休斯顿，编剧：约翰·休斯顿、格拉迪丝·希尔（Gladys Hill）。

《蝙蝠侠》（Batman，1989），导演：蒂姆·波顿，编剧：沃伦·斯卡伦（Warren Skaaren）、萨姆·哈姆（Sam Hamm）。

《红番区》（Rumble In The Bronx，1995），导演：唐季礼，编剧：马美萍、邓景生。

《黑狮震雄风》（The Wind And The Lion，1975），导演、编剧：约翰·米利厄斯。

《与魔鬼共骑》（Ride With The Devil，1999），导演：李安，编剧：詹姆斯·夏慕斯（James Schamus）、丹尼尔·伍德里尔（Daniel Woodrell）。

《星际之门》（Stargate，1994），导演：罗兰·艾默里奇，编剧：罗兰·艾默里奇、迪安·德夫林。

《斯巴达克斯》（Spartacus，1960），导演：斯坦利·库布里克，编剧：多尔顿·特朗博（Dalton Trumbo），改编自霍华德·法斯特（Howard Fast）的同名小说。

附录三
参考影片剧本版权说明

特别感谢以下编剧和版权所有者授权本书使用其剧本片段：

The Wizard of Oz written by Noel Langley and Florence Ryerson and Edgar Alan Wolf ©1939 Turner Entertainment Co. All Rights Reserved.

High Noon written by Carl Foreman ©1952 Republic Pictures Corporation. All Rights Reserved.

True Grit written by Marguerite Roberts ©1969 Paramount Pictures Corp., Hal B.Wallis and Joseph H. Hazen. All Rights Reserved.

The Professionals written by Richard Brooks ©1966 Columbia Pictures Corp. and Pax Enterprises

Bonnie and Clyde written by Robert Benton & David Newman ©1967 Warner Bros. Renewed ©1995 Warner Bros.

The Guns of Navarone written by Carl Foreman ©1961 Open Road Films Limited. All Rights Reserved.

Full Metal Jacket written by Michael Herr & Stanley Kubrick ©1987 Warner Bros. Inc.

Zulu written by John Prebble and Cy Endfield ©1963 Diamond Films, Ltd.

Die Hard: With a Vengeance written by Jonathan Hensleigh ©1995 Twentieth Century Fox Film Corporation, Cinergi Pictures Entertainment, Inc. and Cinergi Productions, Lnc.

The Bridges at Toko-Ri written by Valentine Davis ©1954 Paramount Pictures Corp.

Terminator 2: fudgment Day written by James Cameron & William Wisher Jr. ©1991

Canal+DA. All Rights Reserved.

Shane written by A.B. Guthrie ©1952,©Renewed 1980, Paramount Pictures. All rights Reserved.

Battle of the Bulge written by Bernard Gordon, John Melson, Milton Sperling ©1965 Warner Bros. Pictures Inc. and United States Pictures Inc.

Marathon Man written by William Goldman ©1988 Paramount Pictures Corp. All Rights Reserved.

Heat written by Michael Mann ©1995 Monarchy Enterprises B.V. and Regency Entertainment (USA), Inc.

Dirty Harry written by Dean Riesner ©1971 Warner Bros, Inc. and The Malpaso Company

关于作者

尼尔·D.克思，资深编剧，尤其擅长惊悚、动作冒险类型，一直在参与好莱坞以及欧洲、亚洲和中东地区的电影制作。透过电影，他将自己独特的文化洞察传达给了观众。他还曾参与创作根据印度史诗改编的动画片《摩诃婆罗多》，与获奥斯卡垂青的意大利影片《邮差》的主创团队合作新项目，以及为两部全球票房爆火的成龙电影《红番区》和《警察故事之简单任务》贡献力量。

尼尔同时是位纪录片创作者，为A&E有线频道、公共电视网以及历史频道创作节目。他还是位戏剧导演，参与制作了类型丰富、体裁多样的作品，如吉尔伯特和沙利文的《帝王》以及莎士比亚的《驯悍记》。他的原创舞台剧 UBO 曾在位于洛杉矶的爱迪生表演艺术中心首演。

尼尔所提出的类型概要分析，深入研究了隐藏在故事表象下的类型特点，揭示了能令观众一眼识别不同电影类型的核心元素。

关于作者 175

尼尔曾荣获 UCLA 编剧推广计划的杰出讲师奖。他在北美、亚洲、欧洲众多的大学和机构里举办专业编剧写作与口头交流会。

他创办了 Word-Wer X 传媒咨询公司，面向商务和专业人士，提供与文档、媒体以及公共演讲有关的设计服务，并为讲英语和以英语为母语的人士提供以发音和口语为主题的研讨会和个人指导。

尼尔一直在众多公众和专业组织中任职，包括加利福尼亚克恩县的行为健康委员会和 TVHD 医院顾问委员会。他是 FEMA（美国联邦应急管理署）认证的紧急灾难工作者，并持有 FCC（美国联邦通讯委员会）无线电许可证。

出版后记

千禧年之初,在好莱坞创作了广受赞誉的电影《亲密杀手》(*Don't Talk to Strangers*)并参与了成龙经典动作冒险电影《红番区》《警察故事之简单任务》的资深编剧尼尔·D.克思,透过《如何写动作冒险片》一书拆解了动作冒险片的方方面面,尤其从文化角度清晰道出了动作冒险片在世界电影长河中产量丰富、长盛不衰的原因。除身为编剧外,尼尔还是加州大学洛杉矶分校编剧推广教育剧作课程的资深讲师,其课程在校内极受欢迎。授课的缘故令他有了重新梳理美国类型电影历史的机会,并从历史的脉络回溯出了一条"西部片–黑帮片–动作冒险片"的类型演进链条,以及从海量的片单中总结出了动作冒险片的基本叙事轨迹。

二十年前,尼尔在《如何写动作冒险片》一书中对不同类型的甄别,对类型边界的探讨,对观众类型期待的阐述以及对电影中人物形态的总结等依然关照着当下的电影创作。类型电影创作是商业电影的内容核心,这是好莱坞带给世界电影的瑰宝,也是中国商业电影努力为之的方向。因此,每一次对类型电影的认真识别与梳理,均会为国内类型电影的创作者们带去启示和本土创新的动力。而此次作者特意为中文版修订了表格体例,丰富了对类型源起的思索。同时它的出版也填补了当前中文电影图书市场上单一类型片剧作书的空缺。在此，要特别感谢陈晓云老师为我们引荐译者，推动了本书的出版。

鉴于本书包含了大量的表格、示意图，我们在编辑的过程中，遵循原书的版式，尽量符合中文的阅读习惯和出版标准，尽可能做了清晰明了的呈现。此次我们还将同步出版《如何写惊悚片》，并计划继续推出喜剧片、科幻片等创作指南，为读者提供丰富的类型写作参考书，敬请期待。

为了开拓一个与读者朋友们进行更多交流的空间，分享相关"衍生内容""番外故事"，我们推出了"后浪剧场"播客节目，邀请业内嘉宾畅聊与书本有关的话题，以及他们的创作与生活。可通过微信搜索"houlangjuchang"来获取收听途径，敬请关注。

服务热线：133-6631-2326 188-1142-1266
服务信箱：reader@hinabook.com

后浪电影学院
2021年7月

图书在版编目（CIP）数据

如何写动作冒险片 /（英）尼尔·D. 克思著；缪贝译 . -- 北京：北京时代华文书局，2021.11
书名原文：WRITING THE ACTION-ADVENTURE FILM: THE MOMENT OF TRUTH
ISBN 978-7-5699-4436-5

Ⅰ. ①如… Ⅱ. ①尼… ②缪… Ⅲ. ①功夫片—电影编剧—创作方法—教材 Ⅳ. ① I053.5
中国版本图书馆 CIP 数据核字 (2021) 第 200931 号

Writing the Action-Adventure Film: The Moment of Truth by Neill D. Hicks
Copyright © 2002 by Neill D. Hicks
This edition arranged with Neill D. Hicks
Through Big Apple Agency, Inc., Labuan, Malaysia
Simplified Chinese edition copyright © 2021 Ginkgo (Beijing) Book Co., Ltd.
All rights reserved.
本书中文简体版权归属于银杏树下（北京）图书有限责任公司
北京市版权局著作权合同登记号 字：01-2021-2562

如何写动作冒险片
Ruhe Xie Dongzuo Maoxian Pian

著　　者｜［英］尼尔·D. 克思
译　　者｜缪　贝

出 版 人｜陈　涛
责任编辑｜李　兵
装帧设计｜墨白空间·黄怡祯
责任印制｜訾　敬

出版发行｜北京时代华文书局 http://www.bjsdsj.com.cn
　　　　　北京市东城区安定门外大街 138 号皇城国际大厦 A 座 8 楼
　　　　　邮编：100011　　电话：010-64267955　　64267677
印　　刷｜天津创先河普业印刷有限公司　022-22458683
　　　　　（如发现印装质量问题，请与印刷厂联系调换）
开　　本｜880mm×1194mm　1/32　印　张｜6　字　数｜114 千字
版　　次｜2021 年 11 月第 1 版　　印　次｜2021 年 11 月第 1 次印刷
书　　号｜ISBN 978-7-5699-4436-5
定　　价｜40.00 元

版权所有，侵权必究